caminatas

NIVEL INTERMEDIO

W9-AMB-226

Blake Burton/Flickr/Getty Images

caminatas

NIVEL INTERMEDIO

VIDEO MANUAL

NATIONAL GEOGRAPHIC LEARNING | HEINLE CENGAGE Learning

Australia · Brazil · Japan · Korea · Mexico · Singapore · Spain · United Kingdom · United States

HEINLE
CENGAGE Learning

Caminatas: Nivel intermedio

V.P./Editorial Director: PJ Boardman

Publisher: Beth Kramer

Executive Editor: Lara Semones

Managing Development Editor: Katie Wade

Editorial Assistant: Dan Cruse

Associate Media Editor: Patrick Brand

Executive Brand Manager: Ben Rivera

Market Development Manager: Courtney Wolstoncroft

Senior Content Project Manager: Aileen Mason

Manufacturing Planner: Betsy Donaghey

Rights Acquisition Specialist: Jessica Elias

Production Service: PreMediaGlobal

Art Director: Bruce Bond

Cover and interior designer: Joel Sadagursky

Cover Image: Blake Burton/Flickr/Getty Images

Compositor: PreMediaGlobal

© 2014 Heinle, Cengage Learning

ALL RIGHTS RESERVED. No part of this work covered by the copyright herein may be reproduced, transmitted, stored, or used in any form or by any means graphic, electronic, or mechanical, including but not limited to photocopying, recording, scanning, digitizing, taping, Web distribution, information networks, or information storage and retrieval systems, except as permitted under Section 107 or 108 of the 1976 United States Copyright Act, without the prior written permission of the publisher.

For product information and technology assistance, contact us at
Cengage Learning Customer & Sales Support, 1-800-354-9706
For permission to use material from this text or product,
submit all requests online at **www.cengage.com/permissions**
Further permissions questions can be e-mailed to
permissionrequest@cengage.com

Library of Congress Control Number: 2012948883

Student Edition:

ISBN-13: 978-1-285-09179-2

ISBN-10: 1-285-09179-5

National Geographic Learning/Heinle
20 Channel Center Street
Boston, MA 02210
USA

Cengage Learning is a leading provider of customized learning solutions with office locations around the globe, including Singapore, the United Kingdom, Australia, Mexico, Brazil, and Japan. Locate your local office at **international.cengage.com/region**

Cengage Learning products are represented in Canada by Nelson Education, Ltd.

For your course and learning solutions, visit **www.cengage.com.**

Purchase any of our products at your local college store or at our preferred online store **www.cengagebrain.com**

Instructors: Please visit **login.cengage.com** and log in to access instructor-specific resources.

Printed in the United States of America
1 2 3 4 5 6 7 16 15 14 13 12

Contents

Lucas Brentano/Flickr/Getty Images

To the Student

Welcome to the Spanish Video and Viewing Manual for Intermediate Level, *CAMINATAS*, where you will be exposed to the diversity of the Spanish-speaking world, from the exotic rainforest birds in Costa Rica to the mysteries of the ancient Mayan civilization of Copán in Honduras, from the streets of Havana in Cuba to the lost empire of Tiwanaku in Bolivia. The activities in the Video Manual guide you as you explore the varied content of videos. The rich visual images in the dazzling video footage and photography of National Geographic will heighten your awareness of the themes presented. As you are visually drawn into the world of Spanish speakers around the world, you will have opportunities to improve all of your skills in Spanish, especially your listening comprehension and speaking. It is the hope of the creators of this series that these materials will infuse in you a curiosity for learning and a desire to make connections with other disciplines that you are studying.

We wish you a fabulous journey along many exciting *CAMINATAS*. *¡Buen viaje!*

caminatas

NIVEL INTERMEDIO

Blake Burton/Flickr/Getty Images

argentina

INFORMACIÓN GENERAL

Nombre oficial: **República Argentina**

Nacionalidad: **argentino(a)**

Área: **2 780 400 km²** (el país de habla hispana más grande del mundo, aproximadamente 2 veces el tamaño de Alaska)

Población: **42 192 494** (2011)

Capital: **Buenos Aires** (f. 1580) (12 988 000 hab.)

Otras ciudades importantes: **Córdoba** (1 493 000 hab.), **Rosario** (1 231 000 hab.), **Mendoza** (917 000 hab.), **Mar del Plata** (614 000 hab.)

Moneda: **peso** (argentino)

Idiomas: **español** (oficial), **guaraní, inglés, italiano, alemán, francés**

DEMOGRAFÍA

Alfabetismo: 97,2%

Religiones: **católica** (92%), **protestante** (2%), **judía** (2%), **otras** (4%)

ARGENTINOS CÉLEBRES

Adolfo Pérez Esquivel
Premio Nobel de la Paz (1931–)

Diego Maradona
futbolista (1960–)

Charly García
músico (1951–)

EN RESUMEN

1. La capital de Argentina es
   _____ .

   ☐ Mendoza
   ☐ Buenos Aires

2. ¿Cierto o falso?

   C F Argentina es el país más grande de Sudamérica.

   C F Parte del territorio de Argentina incluye un sector en Antártida.

3. ¿Qué tradición, imagen o persona asocias con Argentina?

La Avenida 9 de Julio en Buenos Aires

© 2003 MICHAEL S. LEWIS/National Geographic Image Collection

Top left: Vista del glaciar Perito Moreno

Joshua Raif/Shutterstock.com

Top center: El tango, considerado el baile nacional de Argentina

© 2011 STEVE RAYMER/National Geographic Image Collection

Top right: Una casa en Caminito, La Boca, Buenos Aires

© 2010 JASON EDWARDS/National Geographic Image Collection

Nicholas Monu/iStockphoto.com

Caminito se inmortalizó cuando el compositor Juan
de Dios Filiberto escribió un tango del mismo nombre.
© Cengage Learning, 2014

kkgas/iStockphoto.com

Antes de ver

Buenos Aires es una ciudad magnética que se conoce como el París de Sudamérica. En Buenos Aires puedes ir a La Boca, el barrio donde se originó el tango. Puedes ver arquitectura greco-romana en el Congreso Nacional, la Casa Rosada —donde trabaja el presidente de la nación—, o el obelisco que conmemora el cuarto centenario de la fundación de la ciudad. La gente, la música y el ambiente se combinan para hacer de Buenos Aires una ciudad sin igual.

Act. 1 ESTRATEGIA Listening for cognates and key words

When listening to authentic speech, it is important to listen for key words. In this video segment, many of the key words are cognates. While you may recognize these words immediately in their written form, listen carefully. They are pronounced quite differently in Spanish and in English. Write the English equivalent of the following cognates.

1. inmortalizar _____

2. obelisco _____

3. oficina _____

4. greco-romano _____

Act. 2 VOCABULARIO NUEVO

Match the English definitions with the Spanish words. Try to do it without using a dictionary. Once you have finished, go to an online Spanish dictionary which pronounces the words in Spanish and listen to each word twice.

1. los bonaerenses	**a.** *centennial*
2. jubiloso(a)	**b.** *Chamber*
3. la callejuela	**c.** *conceived*
4. el centenario	**d.** *founding*
5. conmemorar	**e.** *demonstration*
6. la fundación	**f.** *people from Buenos Aires*
7. tener lugar	**g.** *jubilant*
8. la Cámara	**h.** *to take place*
9. concebido(a)	**i.** *alley*
10. la manifestación	**j.** *to commemorate*

Ver

Act. 3 LOS COGNADOS

As you watch the video, write down at least four cognates.

1. _____

2. _____

3. _____

4. _____

Después de ver

Act. 4 COMPRENSIÓN

After viewing the video as many times as you need to, answer the following questions in Spanish.

1. ¿Cuáles son los meses de verano en Buenos Aires?

2. ¿Buenos Aires está dividida en cuántos barrios?

3. ¿Por qué se inmortalizó Caminito?

4. ¿Quién escribió el tango "Caminito"?

5. ¿Qué conmemora el Obelisco de Buenos Aires?

6. ¿Qué es la Casa Rosada?

7. ¿Por qué se construyó el Congreso Nacional en un estilo greco-romano?

8. ¿Qué sesiones tienen lugar en el Congreso Nacional?

9. ¿Cuál es la plaza más famosa de Buenos Aires?

10. ¿Por qué llegó a fama internacional la Plaza de Mayo?

Act. 5 EXPANSIÓN

Paso 1. Pick one of the topics below for further research.

Conexiones (historia, cultura):
What do you know about Buenos Aires?
Research three things about Buenos Aires that you are curious about. (For example, find out more about why La Boca is considered the birthplace of the tango.)

Comparaciones:
Pick a big city near you and compare it to Buenos Aires. You can compare things like population, night life, number of universities, etc. Compare something that interests you.

Paso 2. Conduct a web search for information about your topic. Select two or three relevant sources.

Paso 3. Using the information you've researched, write a short **resumen** of 3–5 sentences, in Spanish, that answers the questions and reports your findings. Be prepared to present your conclusions to the class.

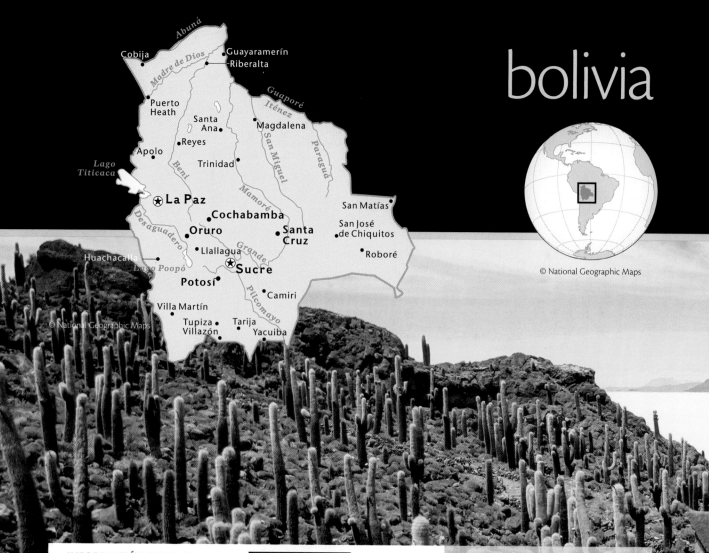

bolivia

© National Geographic Maps

© National Geographic Maps

INFORMACIÓN GENERAL

Nombre oficial: **Estado Plurinacional de Bolivia**

Nacionalidad: **boliviano(a)**

Área: **1 098 581 km²** (aproximadamente 3 veces el tamaño de Montana, o la mitad de México)

Población: **10 290 003** (2011)

Capital: **Sucre** (sede del poder judicial) (f. 1538) (281 000 hab.) y **La Paz** (sede del gobierno) (f. 1548) (1 642 000 hab.)

Otras ciudades importantes: **Santa Cruz de la Sierra** (1 584 000 hab.), **Cochabamba** (1 030 000 hab.), **El Alto** (900 000 hab.)

Moneda: **boliviano**

Idiomas: **español** (oficial), **quechua, aymará**

DEMOGRAFÍA

Alfabetismo: 86,7%

Religiones: **católica** (95%), **protestante** (5%)

BOLIVIANOS CÉLEBRES

María Luisa Pacheco
pintora (1919–1982)

Evo Morales
primer indígena elegido presidente de Bolivia (1959–)

Jaime Escalante
ingeniero y profesor de matemáticas (1930–2010)

Edmundo Paz Soldán
escritor (1967–)

EN RESUMEN

1. La capital administrativa de Bolivia es _____.

☐ La Paz

☐ Cochabamba

2. ¿Cierto o falso?

C F El Lago Titicaca es parte de Bolivia y Perú.

C F Las riberas del Lago Titicaca están pobladas por los aymaras.

3. ¿Qué tradición, imagen o persona asocias con Bolivia?

La Isla del Pescado, en el Salar
de Uyuni
© 2010 MIKE THEISS/National
Geographic Image Collection

Top left: La Paz al atardecer
javarman/Shutterstock.com

Top center: Un niño en la espalda
de su madre
Anthony Cassidy/Stone/Getty Images

Top right: Camino hacia las ruinas
de Tiwanaku
© 2003 KENNETH GARRETT/National
Geographic Image Collection

kkgas/iStockphoto.com

Nicholas Monu/iStockphoto.com

Colada creía que el secreto de las riquezas de los tiwanaku se encontraría en el culto del agua.
© National Geographic Digital Motion

Antes de ver

Los tiwanaku dejaron mucha evidencia de una civilización avanzada. También dejaron un misterio: ¿por qué desapareció una civilización tan próspera? Y ¿para qué eran los canales que entrelazan el valle del Lago Titicaca? Los aymara, los descendientes de la civilización tiwanaku, con la ayuda de dos arqueólogos, uno boliviano y uno estadounidense, buscan el secreto de los canales y de la abundancia de sus antepasados. Y es un secreto que les cambia la vida y les promete un futuro mejor.

Act. 1 ESTRATEGIA Viewing a segment several times
When you hear authentic Spanish, it may sound very fast. Stay calm! Remember that you don't have to understand everything and that, with video, you have the opportunity to replay. The first time you view the segment, listen for the general idea. The second time, listen for details. After reading the introduction to the segment, write down what you think the general idea is, and also write down a couple of details.

1. Idea general: _____

2. Detalle: _____

3. Detalle: _____

Act. 2 VOCABULARIO NUEVO
Match the English definitions with the Spanish words. Try to do it without using a dictionary. Once you have finished, go to an online Spanish dictionary which pronounces the words in Spanish and listen to each word twice.

1. desaparecer	**a.** *knowledge*
2. la cosecha	**b.** *forefathers*
3. los antepasados	**c.** *frost*
4. el conocimiento	**d.** *to disappear*
5. el suelo	**e.** *harvest*
6. la riqueza	**f.** *floor*
7. la cantidad	**g.** *irrigation channel*
8. la helada	**h.** *riches*
9. la acequia de irrigación	**i.** *amount*
10. la sabiduría	**j.** *wisdom*

Ver

As you watch the video, circle the answer that does NOT relate to the phrase provided.

1. **el gran imperio tiwanaku**
   a. constructores, guerreros, arquitectos   b. templos   c. la temporada lluviosa

2. **los canales de agua**
   a. diseños misteriosos   b. acequias de irrigación   c. colectores solares gigantes

3. **la helada**
   a. destruye los campos   b. produce una cosecha abundante   c. los canales protegen contra ella

4. **los aymara**
   a. vida próspera   b. descendientes de los tiwanaku   c. una vida de simplicidad

5. **la desaparición de los tiwanaku**
   a. la sequía   b. el caos   c. la guerra

Después de ver

Act. 4 COMPRENSIÓN

After viewing the video as many times as you need to, answer the following questions in Spanish.

1. ¿Por cuántos años gobernaron los tiwanaku el valle del Lago Titicaca?

2. ¿Quiénes son los descendientes directos de los tiwanaku?

3. ¿Cuál es el gran misterio de la civilización de Tiwanaku?

4. ¿Dónde creen los arqueólogos que se puede encontrar el secreto del poder y de la desaparición de esta gran civilización?

5. ¿Qué les puede robar una cosecha a los aymara?

6. ¿Qué había alrededor de los templos de Tiwanaku que plantea un misterio?

7. ¿Qué tenían que hacer los arqueólogos para probar que los canales se podían usar en el presente para ayudar a los aymara?

8. ¿A quién convencieron para que los ayudara?

9. ¿Qué pasó en 1987?

10. A causa de la helada, ¿qué aprendieron sobre el uso de los canales?

Act. 5 EXPANSIÓN

Paso 1. Pick one of the topics below for further research.

Conexiones (arqueología, agricultura):
Do you know of any ancient system that has been reinstated in the present?
Research some ancient knowledge that is being used today.

Comparaciones:
Do you know of any civilizations in North America that disappeared suddenly?
Look into the mystery of the disappearance of an important civilization that left only traces of its grand past.

Paso 2. Conduct a web search for information about your topic. Select two or three relevant sources.

Paso 3. Using the information you've researched, write a short **resumen** of 3–5 sentences, in Spanish, that answers the questions and reports your findings. Be prepared to present your conclusions to the class.

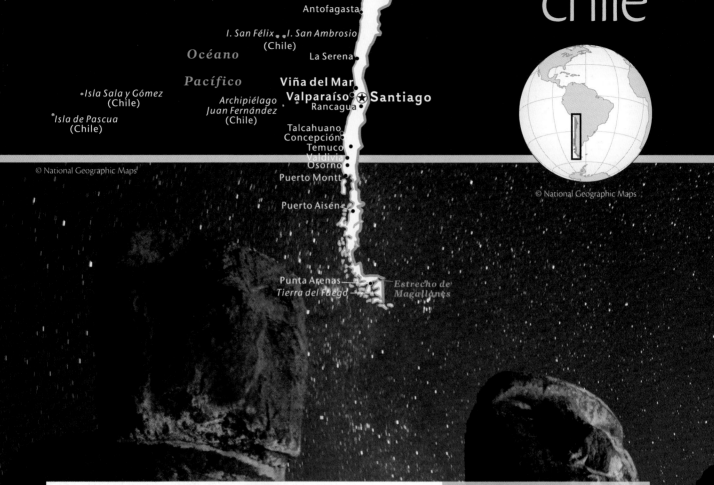

CHILE

© National Geographic Maps

Antofagasta
I. San Félix • • I. San Ambrosio
(Chile)
Océano
La Serena
Pacífico
Viña del Mar
Isla Sala y Gómez
(Chile)
Valparaíso ○ ☆ Santiago
Archipiélago
Rancagua •
Juan Fernández
(Chile)
Isla de Pascua
(Chile)
Talcahuano
Concepción
Temuco
Valdivia
Osorno
Puerto Montt

Puerto Aisén

Punta Arenas
Tierra del Fuego
Estrecho de
Magallanes

© National Geographic Maps

INFORMACIÓN GENERAL

Nombre oficial: **República de Chile**

Nacionalidad: **chileno(a)**

Área: **756 102 km²** (un poco más grande que Texas)

Población: **17 067 369** (2011)

Capital: **Santiago** (f. 1541) (5 883 000 hab.)

Otras ciudades importantes: **Valparaíso** (865 000 hab.), **Viña del Mar** (803 000 hab.), **Concepción** (212 000 hab.)

Moneda: **peso** (chileno)

Idiomas: **español** (oficial), **mapuche o mapudungun, alemán, inglés**

DEMOGRAFÍA

Alfabetismo: 95,7%

Religiones: **católica** (70%), **evangélica** (15,1%), **testigos de Jehová** (1,1%), **sin afiliación** (8,3%), **otras** (5,5%)

CHILENOS CÉLEBRES

Isabel Allende

escritora (1942–)

Víctor Jara

músico, cantautor, director de teatro (1932–1973)

Violeta Parra

poetisa, cantautora (1917–1967)

EN RESUMEN

1. La capital de Chile es _____.

☐ Valparaíso
☐ Santiago

2. ¿Cierto o falso?

C F Chile se extiende una distancia mayor que la distancia entre la ciudad de Nueva York y Los Ángeles.

C F La cordillera de los Andes recorre la longitud total del país.

3. ¿Qué tradición, imagen o persona asocias con Chile?

Los moáis de la Isla de Pascua, Chile
© KENT KOBERSTEEN/National Geographic Image Collection

Top left: Puma en un precipicio
© 2001 NORBERT ROSING/National Geographic Image Collection

Top center: Viñedos
imigra/Shutterstock.com

Top right: La Catedral Metropolitana de Santiago
The Power of Forever Photography/ iStockphoto.com

kkgas/iStockphoto.com

En el Parque Nacional Torres del Paine, los pumas han encontrado un refugio.
© National Geographic Digital Motion

Nicholas Monu/iStockphoto.com

Antes de ver

En la cordillera de los Andes en Chile, el puma ha aprendido a prosperar. Para comer, tiene que aprender cómo capturar al guanaco, su presa principal. Tiene que proteger su alimento de los zorros grises y los cóndores que quieren robar su caza para su propio alimento. También tiene que cuidarse de los rancheros que pagan grandes sumas por tener un puma. La vida es peligrosa para el puma en los Andes chilenos, y sin embargo, sigue prosperando para pasar su linaje a sus cachorros.

Act. 1 ESTRATEGIA Using questions as an advance organizer
One way to prepare yourself to watch a video segment is to familiarize yourself with the questions you will answer after viewing. Look at the questions in **Act. 4**. Before you watch the video segment, use these questions to create a short list of the information you need to find.

EJEMPLO: la presa principal del puma

1. _____

2. _____

3. _____

4. _____

5. _____

Act. 2 VOCABULARIO NUEVO
Match the English definitions with the Spanish words. Try to do it without using a dictionary. Once you have finished, go to an online Spanish dictionary which pronounces the words in Spanish and listen to each word twice.

1. recorrer	**a.** *livestock*
2. la hembra	**b.** *to pursue*
3. la manada	**c.** *female*
4. pastar	**d.** *to shoot*
5. huir	**e.** *herd*
6. cazar	**f.** *prey*
7. la presa	**g.** *to graze*
8. la ganadería	**h.** *to cover, travel*
9. perseguir	**i.** *to flee, escape*
10. disparar	**j.** *to hunt*

Ver

As you watch the video, circle the animal that is being referred to.

1. una joven hembra
   a. el puma   b. el guanaco   c. el zorro   d. el cóndor

2. la presa principal del puma
   a. el puma   b. el guanaco   c. el zorro   d. el cóndor

3. descubren su presa y roban un bocadillo
   a. los pumas   b. los guanacos   c. los zorros   d. los cóndores

4. los zorros huyen y estas aves devoran el cadáver
   a. el puma   b. el guanaco   c. el zorro   d. el cóndor

5. no sabe que perseguir a un cordero puede convertirlo en el perseguido
   a. el puma   b. el guanaco   c. el zorro   d. el cóndor

Después de ver

Act. 4 COMPRENSIÓN

After viewing the video as many times as you need to, answer the following questions in Spanish.

1. ¿Qué distancia es mayor, la longitud de Chile o la distancia entre Nueva York y Los Ángeles?

2. ¿Qué animal ha encontrado un refugio en el Parque Nacional Torres del Paine?

3. ¿Cuántas millas cuadradas recorre una joven puma en busca de comida?

4. ¿Qué animal es la presa principal del puma?

5. ¿A qué otro animal se compara el guanaco?

6. ¿Por qué no es fácil atrapar un guanaco?

7. ¿Qué otros animales tratan de robar el alimento del puma?

8. Cuando los tiempos son difíciles, ¿qué otra animal busca el puma?

9. ¿Por qué se convierte el puma en el perseguido cuando persigue a un cordero?

10. ¿Por qué los rancheros disparan a los pumas sin pensar?

Act. 5 EXPANSIÓN

Paso 1. Pick one of the topics below for further research.

Conexiones (historia, biología):
Do some research on the puma. In what other countries do they exist?
What other prey do they hunt?
Are they a protected species in countries other than Chile?

Comparaciones:
Is there an animal in your state that is similar to the puma?
What is it?
What laws are in place to protect it?

Paso 2. Conduct a web search for information about your topic. Select two or three relevant sources.

Paso 3. Using the information you've researched, write a short **resumen** of 3–5 sentences, in Spanish, that answers the questions and reports your findings. Be prepared to present your conclusions to the class.

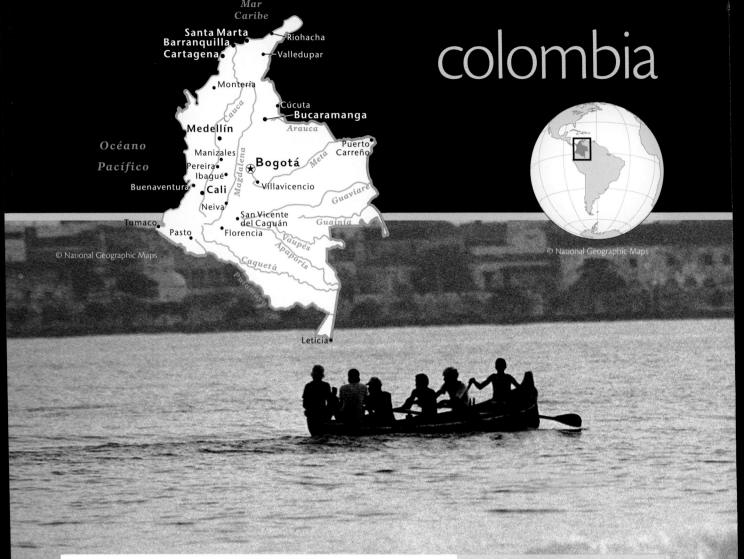

colombia

Mar Caribe

Santa Marta
Barranquilla
Cartagena
Riohacha
Valledupar
Montería
Cúcuta
Bucaramanga
Medellín
Arauca
Manizales
Puerto Carreño
Pereira
Ibagué
Bogotá
Buenaventura
Cali
Villavicencio
Neiva
San Vicente del Caguán
Tumaco
Florencia
Pasto
Leticia

Océano Pacífico

Cauca
Magdalena
Meta
Guaviare
Guainía
Vaupés
Apaporis
Caquetá

© National Geographic Maps

© National Geographic Maps

INFORMACIÓN GENERAL

Nombre oficial: **República de Colombia**

Nacionalidad: **colombiano(a)**

Área: **1 138 910 km²** (un poco menos de dos veces el tamaño de Texas)

Población: **45 239 079** (2011)

Capital: **Bogotá, D.C.** (f. 1538) (8 262 000 hab.)

Otras ciudades importantes: **Medellín** (3 497 000 hab.), **Cali** (2 352 000 hab.), **Barranquilla** (1 836 000 hab.)

Moneda: **peso** (colombiano)

Idiomas: **español** (oficial), **chibcha, guajiro y aproximadamente 90 lenguas indígenas**

DEMOGRAFÍA

Alfabetismo: 90,4%

Religiones: **católica** (90%), **otras** (10%)

COLOMBIANOS CÉLEBRES

Gabriel García Márquez
escritor, Premio Nobel de Literatura (1928–)

Fernando Botero
pintor y escultor (1932–)

Shakira
cantante y benefactora (1977–)

Tatiana Calderón Noguera
piloto de autos de carrera (1993–)

EN RESUMEN

1. **La capital de Colombia es** _____.

☐ **Bogotá**

☐ **Cartagena**

2. **¿Cierto o falso?**

C F No hay selvas tropicales en Colombia.

C F Colombia tiene costas caribeñas y una costa pacífica.

3. **¿Qué tradición, imagen o persona asocias con Colombia?**

Pescadores en el Mar Caribe, Cartagena
© 2006 O. LOUIS MAZZATENTA/
National Geographic Image Collection

Top left: La valle de Corcora, donde se cultiva el café

Top center: El mono tamarín de Colombia

Top right: Obra del afamado artista colombiano Fernando

Nicholas Monu/iStockphoto.com

Los monos tamarines salvajes no viven en ninguna otra parte del mundo.
© National Geographic Digital Motion

kkgas/iStockphoto.com

Antes de ver

Los monos tamarines de Colombia están en mayor peligro de extinción porque la urbanización ha reclamado la selva, dejándoles solo una pequeña parcela en que vivir. ¿Cómo salvarlos? Unos biólogos conservacionistas han lanzado una estrategia sobre dos frentes para salvar esta especie única que no existe en ningún otro sitio en el planeta. Estudian a los monos tamarines, pero también trabajan con las personas vecinas. La educación sobre la conservación y los incentivos económicos aseguran que la gente de los pueblos se beneficie de los esfuerzos por salvar estos primates pequeños. ¡Todos ganan!

Act. 1 ESTRATEGIA Using visuals to aid comprehension

You can learn a lot from just looking at the visuals when you watch video. The scenes and images you see help you understand the language that you hear. Be sure to pay attention to the visuals as well as to the narration. Write down what images you think you might see when you hear the following words.

1. los monos tamarines _____

2. la urbanización _____

3. la tala de árboles grandes _____

4. fuego de leña _____

5. las bolsas de basura _____

Act. 2 VOCABULARIO NUEVO

Match the English definitions with the Spanish words. Try to do it without using a dictionary. Once you have finished, go to an online Spanish dictionary which pronounces the words in Spanish and listen to each word twice.

1. el desafío	**a.** *dry season*
2. desarrollar	**b.** *pet*
3. la tala de árboles	**c.** *head of household*
4. sobre dos frentes	**d.** *challenge*
5. teñir	**e.** *to hide*
6. ocultarse	**f.** *income, revenue*
7. la temporada seca	**g.** *to develop*
8. la mascota	**h.** *to burn*
9. la madera	**i.** *cutting, felling of trees*
10. el fuego de leña	**j.** *wood*
11. quemar	**k.** *two-pronged*
12. la cabeza de familia	**l.** *to dye*
13. los ingresos	**m.** *wood fire*

Ver

As you watch the video, circle the answer that best relates to the phrase provided.

1. los monos tamarines
   a. los biólogos   b. el medio ambiente   c. en peligro de extinción

2. un programa de conservación
   a. parar la tala de árboles   b. teñir el pelaje   c. poner bananas en las trampas

3. la identificación de los monos
   a. el transmisor   b. teñir el pelaje   c. cambiar la pila

4. para capturar a los monos
   a. poner bananas en las trampas   b. teñir el pelaje   c. cambiar la pila del transmisor

5. la madera de los árboles
   a. cocinar sobre fuegos de leña   b. tejer eco-mochilas   c. limpiar el medio ambiente

6. las eco-mochilas
   a. de algodón   b. de telas tejidas   c. de bolsas de plástico

Después de ver

Act. 4 COMPRENSIÓN

After viewing the video as many times as you need to, answer the following questions in Spanish.

1. ¿Qué especie no vive en ninguna otra parte del mundo?

2. ¿Por qué están en peligro de perder su última parcela de la selva?

3. ¿En qué lista cree la bióloga Anne Savage que deben estar los monos tamarines?

4. ¿Qué deciden hacer los biólogos para que los monos puedan ser identificados fácilmente?

5. ¿Qué usan los biólogos para inducir a los monos a que salgan de sus escondites?

6. ¿Qué tratan de reducir los programas educativos?

7. ¿Para qué dos cosas se usa la madera de la tala de árboles grandes?

8. ¿Qué les enseñan a las mujeres a hacer con bolsas de plástico?

9. Además de los beneficios económicos de las eco-mochilas, ¿qué otro beneficio se ha logrado?

10. ¿Cuál es la única manera de salvar una especie en peligro de extinción?

Act. 5 EXPANSIÓN

Paso 1. Pick one of the topics below for further research.

Conexiones (ecología, biología):
Are you interested in endangered species? Is there a species in your state that is in danger due to destruction of its habitat?

Comparaciones:
Can you come up with a product like the **eco-mochila** that helps the environment and also has economic benefits? Make sure you design it from something like plastic bags, which are easy to find and whose removal from the environment is an added benefit. Bring your ideas to class.

Paso 2. Conduct a web search for information about your topic. Select two or three relevant sources.

Paso 3. Using the information you've researched, write a short **resumen** of 3–5 sentences, in Spanish, that answers the questions and reports your findings. Be prepared to present your conclusions to the class.

costa rica

© National Geographic Maps

© National Geographic Maps

INFORMACIÓN GENERAL

Nombre oficial: **República de Costa Rica**

Nacionalidad: **costarricense**

Área: **51 100 km²** (un poco más pequeño que Virginia Occidental)

Población: **4 636 348** (2011)

Capital: **San José** (f. 1521) (1 416 000 hab.)

Otras ciudades importantes: **Alajuela** (254 000 hab.), **Cartago** (413 000 hab.)

Moneda: **colón**

Idiomas: **español** (oficial), **inglés**

DEMOGRAFÍA

Alfabetismo: 94,9%

Religiones: **católica** (76,3%), **evangélica y otras protestantes** (14,4%), **testigos de Jehová** (1,3%) **otras** (4,8%), **sin afiliación** (3,2%)

COSTARRICENCES CÉLEBRES

Oscar Arias
político, Premio Nobel de la Paz, presidente (1940–)

Claudia Poll
atleta olímpica (1972–)

Carmen Naranjo
escritora (1928–2012)

EN RESUMEN

1. La capital de Costa Rica es _____.

☐ San José
☐ Buenos Aires

2. ¿Cierto o falso?

C F Costa Rica no tiene ejército.

C F Costa Rica tiene un clima óptimo para el cultivo del café.

3. ¿Qué tradición, imagen o persona asocias con Costa Rica?

Rana verde de ojos rojos
© MICHAEL NICHOLS/National
Geographic Image Collection

Top left: Zorzal gorjiblanco
old apple/Shutterstock.com

Top center: Catarata del río
Celeste

Top right: Carro con diseño típico
costarricense

Muchos de los pájaros locales evolucionaron dentro de las selvas tropicales densas que en un entonces dominaban la región.
© National Geographic Digital Motion

Nicholas Monu/iStockphoto.com

kkgas/iStockphoto.com

Antes de ver

En el último siglo, Costa Rica ha eliminado muchas áreas de sus selvas tropicales para crear espacio para la agricultura. Los pájaros de la selva han sido desplazados por los cafetales y otras formas de agricultura. Un equipo de National Geographic usa radiotransmisores para estudiar los pájaros y determinar cuáles especies pueden adaptarse a los terrenos transformados y cuáles no. ¿Van a encontrar modos de sobrevivir los pájaros de la selva? ¿O es la responsabilidad de los humanos salvarlos? ¿Qué piensas tú?

Act. 1 ESTRATEGIA Listening for details

Knowing in advance what to listen for will help you find key information. Look at the following words or phrases and try to predict what might be said about them, based on the introduction.

1. la selva tropical _____

2. los cafetales _____

3. los pájaros de la selva tropical _____

4. los radiotransmisores _____

5. en peligro de extinción _____

Act. 2 VOCABULARIO NUEVO

Match the English definitions with the Spanish words. Try to do it without using a dictionary. Once you have finished, go to an online Spanish dictionary which pronounces the words in Spanish and listen to each word twice.

1. el cafetal
2. desplazado(a)
3. talar
4. la franja (de tierra)
5. empeorarse
6. la red
7. sujetar
8. las plumas
9. el terreno
10. la huella de carbono

a. *strip of land*
b. *carbon footprint*
c. *coffee plantation*
d. *to fell, cut down*
e. *feathers*
f. *displaced*
g. *to get worse*
h. *to fasten*
i. *net*
j. *terrain*

Ver

Act. 3 LOS DETALLES

As you watch the video, write any details you learn about each of the following topics. Then compare what you learned to what you predicted in **Act. 1**.

1. la selva tropical _____

2. los cafetales _____

3. los pájaros de la selva tropical _____

4. los radiotransmisores _____

5. en peligro de extinción _____

Después de ver

Act. 4 COMPRENSIÓN

After viewing the video as many times as you need to, answer the following questions in Spanish.

1. ¿Qué tiene Costa Rica que es óptimo para el cultivo del café?
2. ¿Qué ha hecho Costa Rica en el último siglo con sus selvas tropicales?
3. ¿Qué residentes de la selva han sido afectados por el cambio en las selvas?
4. ¿Cuál es el último recurso de algunos de los pájaros?
5. ¿Por qué algunas especies de pájaros no pueden dejar la selva para irse a otro sitio lejano?
6. ¿Qué estudia el equipo de Çağan?
7. ¿Qué tecnología usa el equipo de Çağan para seguir a los pájaros en su vida diaria?
8. ¿Cuánto pesa el radiotransmisor?
9. ¿Qué porcentaje de los pájaros podrán estar extintos para los fines del siglo XXI?
10. ¿Qué podemos hacer los humanos para ayudar a los pájaros?

Act. 5 EXPANSIÓN

Paso 1. Pick one of the topics below for further research.

Conexiones (ciencias, biología):
Find out more about the tropical jungles in Costa Rica. Have they stopped cutting down trees in the forest?
What species in Costa Rica are endangered because of the loss of tropical forests to agriculture?

Comparaciones:
Are there species in the United States that are endangered due to deforestation?
What are they?
Where are they?

Paso 2. Conduct a web search for information about your topic. Select two or three relevant sources.

Paso 3. Using the information you've researched, write a short **resumen** of 3–5 sentences, in Spanish, that answers the questions and reports your findings. Be prepared to present your conclusions to the class.

cuba

© National Geographic Maps

La Habana · Matanzas
Consolación del Sur · Artemisa · Marianao · Colón
Guane · Los Palacios · Pedro Betancourt · Caibarién · Santa Clara
Pinar del Río · Nueva Gerona · Cienfuegos · Morón
La Fe · Trinidad · Ciego de Ávila · Nuevitas
Isla de la Juventud · Sancti Spíritus · Florida · Gibara
Camagüey · Sagua de Tánamo
Santa Cruz del Sur · Holguín
Las Tunas · Baracoa
Manzanillo · Guantánamo
Niquero · Santiago de Cuba

Mar Caribe

INFORMACIÓN GENERAL

Nombre oficial: **República de Cuba**

Nacionalidad: **cubano(a)**

Área: **110 860 km²** (aproximadamente el tamaño de Tennessee)

Población: **11 075 244** (2011)

Capital: **La Habana** (f. 1511) (2 140 000 hab.)

Otras ciudades importantes: **Santiago** (494 000 hab.), **Camagüey** (324 000 hab.)

Moneda: **peso** (cubano)

Idiomas: **español** (oficial)

DEMOGRAFÍA

Alfabetismo: 99,8%

Religiones: **católica** (85%), **santería y otras religiones** (15%)

EN RESUMEN

1. Cuba tiene costas en _____.

☐ el Mar Caribe, el Golfo de México y el Océano Atlántico

☐ el Océano Atlántico y el Océano Pacífico

2. ¿Cierto o falso?

C F Los ritmos clásicos de Cuba son la salsa, la rumba y el merengue.

C F Cuba comparte una isla con la República Dominicana.

3. ¿Qué tradición, imagen o persona asocias con Cuba?

Lo nuevo y lo antiguo, La Habana
© 2011 O. LOUIS MAZZATENTA/
National Geographic Image Collection

Top left: En una fábrica de puros
cubanos
Niko Guido/the Agency Collection/
Getty Images

Top center: Castillo del Morro,
Santiago
Maria Pavlova/iStockphoto.com

Top right: Mural de los
revolucionarios cubanos,
La Habana
David Sutherland/Getty Images

kkgas/iStockphoto.com

Nicholas Monu/iStockphoto.com

Desde la entrada de la bahía hasta la desembocadura del Río Almendares, se extiende el Malecón, la avenida más popular de toda La Habana.

© Cengage Learning, 2014

Antes de ver

Cuba, la isla más grande de las Antillas Mayores, es una isla rica en historia. La población de más de once millones de habitantes tiene raíces españolas y africanas. La Habana, la capital de Cuba, es una ciudad con unos grandes monumentos antiguos de la época colonial. El arte, la música y el folclore de Cuba son reconocidos por todo el mundo. Más de dos millones de turistas internacionales visitan la isla cada año.

Act. 1 ESTRATEGIA Listening for the main idea

A good way to organize your viewing of video is to focus on getting the main idea of the segment. Don't try to understand every word; just try to get the gist of each scene. Later, with the help of the viewing activities, some of the other details of the segment will emerge. Based on the **Antes de ver** description above, what do you think the segment is about?

_____

_____

_____

_____

Act. 2 VOCABULARIO NUEVO

Match the English definitions with the Spanish words. Try to do it without using a dictionary. Once you have finished, go to an online Spanish dictionary which pronounces the words in Spanish and listen to each word twice.

1. superar	**a.** *lighthouse*
2. la bahía	**b.** *symbolic*
3. el estrecho	**c.** *route*
4. emblemático	**d.** *group, set*
5. el faro	**e.** *to exceed, go beyond*
6. la desembocadura	**f.** *alley, narrow street*
7. el recorrido	**g.** *strait*
8. la callejuela	**h.** *marble*
9. el conjunto	**i.** *mouth (of a river)*
10. mármol	**j.** *bay*

Ver

As you watch the video, circle the answer that best relates to the phrase provided.

1. el faro del Castillo del Morro
   a. la fortificación más antigua   b. la fortificación más alta

2. El Malecón
   a. la avenida más antigua   b. la avenida más popular

3. La Habana Vieja
   a. monumentos modernos   b. monumentos antiguos

4. la cúpula del capitolio de La Habana
   a. de estilo renacentista   b. de estilo barroco

5. El Monumento José Martí
   a. una estatua de mármol   b. una estatua de oro

Después de ver

Act. 4 COMPRENSIÓN

After viewing the video as many times as you need to, answer the following questions in Spanish.

1. ¿En qué mar está situada Cuba?
2. ¿Cuál es la población de Cuba?
3. ¿Cuál es la capital de Cuba?
4. ¿Qué fortificación es la más antigua construida por los españoles en América?
5. ¿Cuál es la avenida más popular en La Habana?
6. ¿Cuántos kilómetros de extensión tiene esta avenida?
7. ¿Qué se encuentra en la bahía?
8. ¿Qué se encuentra en La Habana Vieja?
9. ¿Cuál es el punto más alto de la ciudad?
10. ¿Cuántos turistas internacionales recibe Cuba al año?

Act. 5 EXPANSIÓN

Paso 1. Pick one of the topics below for further research.

Conexiones (música, culturas del mundo):
Can you find some examples in Cuban music history that combine influences from different cultures?

Comparaciones:
Is there an avenue like El Malecón in your city or in a city near you? How are the two avenues alike? Different?

Paso 2. Conduct a web search for information about your topic. Select two or three relevant sources.

Paso 3. Using the information you've researched, write a short **resumen** of 3–5 sentences, in Spanish, that answers the questions and reports your findings. Be prepared to present your conclusions to the class.

ecuador

Archipiélago de Colón (Islas Galápagos)
Isla Darwin
Isla Wolf
Isla San Salvador
Isla San Cristóbal
Isla Isabela
Isla Santa Cruz

Océano Pacífico

Bahía de Manta
Bahía de Santa Elena
Golfo de Guayaquil

San Lorenzo
Esmeraldas
Tulcán
Rosa Zárate
Ibarra
Santo Domingo de los Colorados
★Quito
Chone
Latacunga
Manta
Tena
Portoviejo
Ambato
Balzar
Riobamba
Babahoyo
La Libertad
Guayaquil
Macas
Cuenca
Azogues
Machala
Loja
Zamora
Cononaco
Río Tigre

Guayllabamba
Daule
Aguarico
Napo
Curaray
Tigre
Pastaza

© National Geographic Maps

© National Geographic Maps

INFORMACIÓN GENERAL

Nombre oficial: **República del Ecuador**

Nacionalidad: **ecuatoriano(a)**

Área: **283 561 km²** (aproximadamente el tamaño de Colorado)

Población: **15 223 680** (2011)

Capital: **Quito** (f. 1556) (1 801 000 hab.)

Otras ciudades importantes: **Guayaquil** (2 634 000 hab.), **Cuenca** (505 000 hab.)

Moneda: **dólar** (estadounidense)

Idiomas: **español** (oficial), **quechua**

DEMOGRAFÍA

Alfabetismo: 91%

Religiones: **católica** (95%), **otras** (5%)

ECUATORIANOS CÉLEBRES

Jorge Carrera Andrade
escritor (1903–1978)

Oswaldo Guayasamín
pintor (1919–1999)

Rosalía Arteaga
abogada, política, ex vicepresidenta (1956–   )

EN RESUMEN

1. La capital de Ecuador es _____.

☐ Guayaquil
☐ Quito

2. ¿Cierto o falso?

C F La capital de Ecuador está rodeada por volcanes.

C F Cuenca es la ciudad más poblada de Ecuador.

3. ¿Qué tradición, imagen o persona asocias con Ecuador?

Cangrejos en las islas Galápagos
© 2011 JOEL SARTORE/National
Geographic Image Collection

Top left: Quito de noche
© 2009 KENT KOBERSTEEN/National
Geographic Image Collection

Top center: Monumento a la
Línea Ecuatorial
Ammit/iStockphoto.com

Top right: Textiles andinos
Vladimir Melnik/Shutterstock.com

kkgas/iStockphoto.com

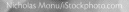

Nicholas Monu/iStockphoto.com

La ciudad de Quito, con un millón y medio de habitantes, es la segunda ciudad más poblada de Ecuador.

© Cengage Learning, 2014

Antes de ver

La capital de Ecuador, Quito, es una mezcla de antiguo y moderno. En el centro histórico, la historia colonial de la ciudad está escrita en las plazas y los edificios. Su pasado indígena se puede ver en la artesanía que se vende en los mercados. Al norte de la ciudad colonial está el Quito moderno, lleno de rascacielos y donde se puede observar la acelerada vida de los quiteños de hoy día. Quien visita Quito puede disfrutar apreciando todas las épocas que marcan su historia.

Act. 1 ESTRATEGIA Using visuals to aid comprehension

You can learn a lot from just looking at the visuals when you watch video. The scenes and images you see help you understand the language that you hear. Be sure to pay attention to the visuals as well as to the spoken conversation. What images do you expect to see when you hear the following words?

1. colonial _____

2. moderno _____

3. indígena _____

4. ecoturismo _____

Act. 2 VOCABULARIO NUEVO

Match the English definitions with the Spanish words. Try to do it without using a dictionary. Once you have finished, go to an online Spanish dictionary which pronounces the words in Spanish and listen to each word twice.

1. el nivel del mar		**a.** *to be reflected*	
2. la cordillera		**b.** *populated*	
3. transformar		**c.** *sea level*	
4. poblado(a)		**d.** *toy*	
5. numeroso(a)		**e.** *monastery*	
6. el monasterio		**f.** *to transform*	
7. la obra de arte		**g.** *(mountain) range*	
8. reflejarse		**h.** *numerous, many*	
9. el juguete		**i.** *woven fabric*	
10. el tejido		**j.** *work of art*	

Ver

Act. 3 LAS FRASES

As you watch the video, circle the answer that best relates to the phrase provided.

1. Quito

   a. la capital de Perú   b. la capital de Bolivia   c. la capital de Ecuador

2. el Cotopaxi

   a. volcán   b. río   c. selva

3. los incas

   a. el siglo XX   b. el siglo XV   c. el siglo X

4. Francisco Pizarro

   a. explorador inca   b. explorador español   c. explorador francés

5. el centro histórico de Quito

   a. segundo más grande de toda América   b. el más grande de toda América
   c. el más pequeño de toda América

6. el ecoturismo

   a. el centro histórico   b. Ecuador antiguo   c. costas, montañas y selvas amazónicas

Después de ver

Act. 4 COMPRENSIÓN

After viewing the video as many times as you need to, answer the following questions in Spanish.

1. ¿Cuántos metros sobre el nivel del mar está situada la capital de Ecuador?

2. ¿Qué rodea a Quito?

3. ¿Es Quito la ciudad más poblada de Ecuador?

4. ¿Qué ciudad es la más poblada de Ecuador?

5. ¿Con qué distinción declaró la UNESCO a Quito en 1978?

6. ¿Qué tiene Quito que es el segundo más grande de toda América?

7. ¿Qué se encuentra en las iglesias y monasterios del centro histórico?

8. ¿Dónde está la parte moderna de la capital?

9. ¿Qué clase de artesanía indígena se vende en los mercados?

10. ¿Por qué es Ecuador perfecto para el ecoturismo?

Act. 5 EXPANSIÓN

Paso 1. Pick one of the topics below for further research.

Conexiones (historia, cultura):

What do you know about UNESCO and cities that are considered **Patrimonio Cultural de la Humanidad**? Find out more about UNESCO and how they decide a city is worthy of the honor.

Comparaciones:

Are there any cities in the United States that you think should be considered for the UNESCO honor that was awarded Quito? Name a city, and give three reasons why you think it is a cultural treasure.

Paso 2. Conduct a web search for information about your topic. Select two or three relevant sources.

Paso 3. Using the information you've researched, write a short **resumen** of 3–5 sentences, in Spanish, that answers the questions and reports your findings. Be prepared to present your conclusions to the class.

© National Geographic Maps

© National Geographic Maps

INFORMACIÓN GENERAL

Nombre oficial: **República de El Salvador**

Nacionalidad: **salvadoreño(a)**

Área: **21 041 km²** (un poco más pequeño que Massachusetts)

Población: **6 090 646** (2011)

Capital: **San Salvador** (f. 1524) (1 534 000 hab.)

Otras ciudades importantes: **San Miguel** (218 000 hab.), **Santa Ana** (274 000 hab.)

Moneda: **dólar** (estadounidense)

Idiomas: **español** (oficial), **náhuatl, otras lenguas amerindias**

DEMOGRAFÍA

Alfabetismo: 81,1%

Religiones: **católica** (57,1%), **protestante** (21,2%), **testigos de Jehová** (1,9%), **mormona** (0,7%), **otras** (2,3%), **sin afiliación** (16,8%)

SALVADOREÑOS CÉLEBRES

Oscar Arnulfo Romero
arzobispo, defensor de los derechos humanos (1917–1980)

Claribel Alegría
escritora (nació en Nicaragua pero se considera salvadoreña) (1924–   )

Alfredo Espino
poeta (1900–1928)

EN RESUMEN

1. La capital de El Salvador es
    _____.

    ☐ San Salvador
    ☐ Santa Ana

2. ¿Cierto o falso?

    C F San Salvador está en el Valle de las Hamacas, nombre que recibe por los terremotos frecuentes.

    C F San Salvador tiene muchos volcanes activos.

3. ¿Qué tradición, imagen o persona asocias con El Salvador?

Vista panorámica de San Salvador
Eduardo Fuentes Guevara/iStockphoto.com

Top left: La tortilla, parte esencial de la dieta salvadoreña
Pauline MacLellan/iStockphoto.com

Top center: En la calle de San Salvador
Eduardo Fuentes Guevara/iStockphoto.com

Top right: Mariposa tronadora, nativa de El Salvador
© 2010 SALVADOR MEJIA/National Geographic Image Collection

El Estadio Cuscatlán es el más grande y moderno de Centroamérica y el Caribe, con una capacidad de 53 mil espectadores.
© Cengage Learning, 2014

Nicholas Monu/iStockphoto.com

kkgas/iStockphoto.com

Antes de ver

El Salvador es un país de volcanes, terremotos, lagos y paisajes bellos. San Salvador, la capital, está situada en el Valle de las Hamacas, y ¿por qué tendrá ese nombre? Esta vibrante ciudad capital se considera el centro cultural, financiero, educativo y político del país. En el centro antiguo hay muchos edificios de interés histórico, arquitectónico y cultural, como la Catedral Metropolitana y el Palacio Nacional. Pero son los volcanes que atraen la atención: el Cerro Verde, el Izalco y el Santa Ana. La última erupción del volcán Cerro Verde fue hace veinticinco mil años. El Salvador es, en definitiva, un pequeño país de magníficos paisajes.

Act. 1 ESTRATEGIA Listening for details

Knowing in advance what to listen for will help you find key information in a video's narration. Look at the comprehension questions in **Act. 4**, and write five key things that you will want to look for while you watch the video.

1. _____
2. _____
3. _____
4. _____
5. _____

Act. 2 VOCABULARIO NUEVO

Match the English definitions with the Spanish words. Try to do it without using a dictionary. Once you have finished, go to an online Spanish dictionary which pronounces the words in Spanish and listen to each word twice.

1. la hamaca	**a.** *human rights*
2. el terremoto	**b.** *earthquake*
3. parado(a)	**c.** *hammock*
4. el globo terráqueo	**d.** *globe of the earth*
5. la fachada	**e.** *standing*
6. infatigable	**f.** *path*
7. los derechos humanos	**g.** *tireless, unflagging*
8. las artes escénicas	**h.** *performing arts*
9. la pantalla de alta definición	**i.** *facade, front*
10. el sendero	**j.** *high-definition screen*

Ver

As you watch the video, circle the answer that best relates to the cue.

1. San Salvador
   a. centro económico   b. centro agricultural

2. El Valle de las Hamacas
   a. los terremotos   b. los volcanes

3. la Catedral Metropolitana
   a. Gerardo Barrios   b. el arzobispo Oscar Romero

4. Estadio Cuscatlán
   a. más antiguo de Centroamérica   b. más moderno de Centroamérica

5. el Teatro Nacional
   a. artes escénicas   b. artes gráficas

6. El Lago de Coatepeque
   a. Cerro de Pájaros   b. Cerro de Culebras

Después de ver

Act. 4 COMPRENSIÓN

After viewing the video as many times as you need to, answer the following questions in Spanish.

1. ¿Qué desastre natural le da su nombre al Valle de las Hamacas?
2. ¿Sobre qué está parado Jesucristo en el Monumento al Divino Salvador del Mundo?
3. ¿Por qué se conoce el arzobispo Oscar Romero?
4. ¿Qué figuras están representadas en las estatuas en frente del Palacio Nacional?
5. ¿Qué artes escénicas se pueden ver en el Teatro Nacional?
6. ¿Qué deporte se puede ver en las pantallas gigantes del Estadio Cuscatlán?
7. ¿Qué es Panchimalco?
8. ¿Cuándo fue la última erupción del volcán Cerro Verde?
9. ¿Qué significa *Coatepeque* en náhuatal?
10. ¿Qué cubre el cráter de Cerro Verde?

Act. 5 EXPANSIÓN

Paso 1. Pick one of the topics below for further research.

Conexiones (historia):
Who is Oscar Romero?
Why is he important to the history of El Salvador?

Comparaciones:
Are there any active volcanoes in the United States?
Find an important volcano and figure out when its last eruption was. Include any other interesting details about the volcano, its location, and its flora and fauna.

Paso 2. Conduct a web search for information about your topic. Select two or three relevant sources.

Paso 3. Using the information you've researched, write a short **resumen** of 3–5 sentences, in Spanish, that answers the questions and reports your findings. Be prepared to present your conclusions to the class.

españa

© National Geographic Maps

© National Geographic Maps

INFORMACIÓN GENERAL

Nombre oficial: **Reino de España**

Nacionalidad: **español(a)**

Área: **505 370 km²** (aproximadamente 2 veces el tamaño de Oregón)

Población: **47 042 984** (2011)

Capital: **Madrid** (f. siglo IX) (3 300 000 hab.)

Otras ciudades importantes: **Barcelona** (5 762 000 hab.), **Valencia** (812 000 hab.), **Sevilla** (703 000 hab.), **Toledo** (82 000 hab.)

Moneda: **euro**

Idiomas: **castellano** (oficial), **catalán, vasco, gallego**

DEMOGRAFÍA

Alfabetismo: 97,9%

Religiones: **católica** (94%), **otras** (6%)

ESPAÑOLES CÉLEBRES

Pedro Almodóvar
director de cine (1949–   )

Antonio Gaudí
arquitecto (1852–1926)

Camilo José Cela
escritor, Premio Nobel de Literatura (1916–2002)

EN RESUMEN

1. La capital de España es _____.

☐ Madrid

☐ Barcelona

2. ¿Cierto o falso?

C F España forma la Península Ibérica con Portugal.

C F Espana tiene costas en el Atlántico, el mar Mediterráneo y el golfo de Viscaya.

3. ¿Qué tradición, imagen o persona asocias con España?

La Catedral de Santiago de Compostela
© 2011 RAUL TOUZON/National Geographic Image Collection

kkgas/iStockphoto.com

Nicholas Monu/iStockphoto.com

Hoy día, España es un miembro próspero de la Unión Europea. Es un país urbano, con 75% de sus habitantes viviendo en ciudades.
© National Geographic Digital Motion

Antes de ver

España es un país moderno con unas tradiciones antiguas. Su posición entre Europa y África forma su historia y cultura. Antiguamente el país más poderoso de todo el mundo, España hoy día atrae a millones de visitantes. Hay muchas razones para visitar este país: las playas, la gente, los castillos, el flamenco, los vinos y su cultura única, por supuesto.

Act. 1 ESTRATEGIA Viewing a segment several times

When you first hear authentic Spanish, it may sound very fast. Stay calm! Remember that you don't have to understand everything and that, with video, you have the opportunity to replay. The first time you view the segment, listen for the general idea. The second time, listen for details

1. Idea general: _____

2. Detalle: _____

3. Detalle: _____

4. Detalle: _____

5. Detalle: _____

Act. 2 VOCABULARIO NUEVO

Match the English definitions with the Spanish words. Try to do it without using a dictionary. Once you have finished, go to an online Spanish dictionary which pronounces the words in Spanish and listen to each word twice.

1. poderoso(a)		**a.** *to survive*
2. ambos(as)		**b.** *both*
3. el imperio		**c.** *Muslim*
4. hacer guerra		**d.** *to enrich*
5. sobrevivir		**e.** *powerful*
6. musulmán		**f.** *to declare war*
7. el (la) monarca		**g.** *empire*
8. enriquecer		**h.** *in decline*
9. en declive		**i.** *untameable*
10. indomable		**j.** *monarch*

Ver

As you watch the video, complete the sentence with the correct word or phrase.

1. España se encuentra entre Europa y _____.
   a. Italia   b. África   c. América del Sur

2. Cuando llegan los bereberes y toman poder, la religión _____
   controla España.
   a. católica   b. judía   c. musulmana

3. En 1492, los Reyes Católicos financian el viaje de _____ al Nuevo Mundo.
   a. Cristóbal Colón   b. un rey musulmán   c. Granada

4. España conquista imperios enormes en _____.
   a. África   b. Asia   c. las Américas

5. En los años 30 hubo _____ en España.
   a. una guerra civil   b. una economía débil   c. una enfermedad

6. El rey Juan Carlos lleva su país de la dictadura a _____.
   a. la despoblación   b. la democracia   c. la pobreza

Después de ver

Act. 4 COMPRENSIÓN

After viewing the video as many times as you need to, answer the following questions in Spanish.

1. ¿Qué grupo domina España en el año 19 a.C.? ¿Qué dejan después de su reino?
2. ¿Qué grupo toma poder de España en el año 711 d.C.? ¿De dónde vinieron?
3. ¿Qué ciudad es la última que sobrevive como poder musulmán?
4. ¿Qué reclama Cristóbal Colón para la corona española?
5. ¿Qué imperios conquista España en el Nuevo Mundo?
6. ¿Qué circunstancias destruyen la prosperidad de España en el siglo XVII?
7. ¿Quién es el dictador fascista que asume el poder después de la guerra civil española?
8. ¿Quién es el sucesor de Franco luego de su muerte en 1975?
9. ¿Qué hace el rey Juan Carlos para llevar su país a la democracia?
10. ¿Cuántos visitantes extranjeros van a España cada año?

Act. 5 EXPANSIÓN

Paso 1. Pick one of the topics below for further research.

Conexiones (religión, historia):
Who were the Berbers?
What was their legacy in Spain?

Comparaciones:
Compare Madrid to an American city near you. Compare their cultures, their history, their size, or anything else that interests you.

Paso 2. Conduct a web search for information about your topic. Select two or three relevant sources.

Paso 3. Using the information you've researched, write a short **resumen** of 3–5 sentences, in Spanish, that answers the questions and reports your findings. Be prepared to present your conclusions to the class.

guatemala

© National Geographic Maps

© National Geographic Maps

INFORMACIÓN GENERAL

Nombre oficial: **República de Guatemala**

Nacionalidad: **guatemalteco(a)**

Área: **108 889 km²** (un poco más grande que el estado de Ohio)

Población: **14 099 032** (2011)

Capital: **Ciudad de Guatemala** (f. 1524) (1 075 000 hab.)

Otras ciudades importantes: **Mixco** (688 000 hab.), **Villa Nueva** (710 000 hab.)

Moneda: **quetzal**

Idiomas: **español** (oficial), **lenguas mayas y otras lenguas amerindias**

DEMOGRAFÍA

Alfabetismo: 69,1%

Religiones: **católica** (60%), **protestante y otras** (40%)

GUATEMALTECOS CÉLEBRES

Augusto Monterroso
escritor (1921–2003)

Rigoberta Menchú
activista por los derechos humanos, Premio Nobel de la Paz (1959–   )

Miguel Ángel Asturias
escritor (1899–1974)

EN RESUMEN

1. La capital de Guatemala es

   _____

   ☐ Cobán
   ☐ Ciudad de Guatemala

2. ¿Cierto o falso?

   C F La población maya ya no existe en Guatemala.

   C F Nadie de Guatemala ha ganado el Premio Nobel de la Paz.

3. ¿Qué tradición, imagen o persona asocias con Guatemala?

Paisaje alrededor del lago de Atitlán
© 2003 STEPHEN ALVAREZ/National Geographic Image Collection

Top left: Disfraces tradicionales de la fiesta de Santo Tomás
Sam Chadwick/Shutterstock.com

Top center: Iglesia de San Andrés Xecul
Jeremy Woodhouse/Spaces Images/ Corbis

Top right: Por las calles de Guatemala
© 2009 PETE MCBRIDE/National Geographic Image Collection

kkgas/iStockphoto.com

Nicholas Monu/iStockphoto.com

Rigoberta Menchú se convirtió en una de las voces indígenas más destacadas de las Américas.
Video supplied by BBC Motion Gallery

Antes de ver

Rigoberta Menchú Tum, una indígena maya-quiché de Guatemala, ganó el Premio Nobel de la Paz en 1992. Este video se grabó en 1991, cuando Rigoberta viajaba en Londres para hablar de su libro, *Yo, Rigoberta Menchú*. El libro fue un éxito crítico y comercial por ser el primer relato indígena escrito de primera mano. Menchú sufrió muchas tragedias en su juventud, pero alcanzó a transformarlas en una conversación internacional que resultó en la salvación de su pueblo. Ella es el modelo del espíritu humano que sobrevive lo peor y sale triunfante.

Act. 1 ESTRATEGIA Using background knowledge to anticipate content
If you have a rough idea of a video segment's content, you can predict what other information it may contain. Think about the topic and ask yourself what you know about Rigoberta Menchú. By organizing your thoughts in advance, you prepare yourself to understand the content more easily. Start by searching for Menchú on the web, and writing down a few words about each of the following topics.

1. la cultura de Menchú _____

2. la familia de Menchú _____

3. el libro de Menchú _____

4. el Premio Nobel de la Paz _____

Act. 2 VOCABULARIO NUEVO
Match the English definitions with the Spanish words. Try to do it without using a dictionary. Once you have finished, go to an online Spanish dictionary which pronounces the words in Spanish and listen to each word twice.

1. superar

2. el analfabetismo

3. el quinto centenario

4. sobrevivir

5. estar mezclado

6. el acontecimiento

7. occidental

8. destacado(a)

9. el descubrimiento

10. el aporte

a. *discovery*

b. *quincentennial (five-hundredth anniversary)*

c. *contribution*

d. *prominent*

e. *western*

f. *event*

g. *to overcome*

h. *to be mixed up in*

i. *to survive*

j. *illiteracy*

Ver

Act. 3 LAS FRASES

As you watch the video, circle the two choices that best relate to the phrase provided.

1. Rigoberta Menchú
   a. indígena   b. maya-quiché   c. inglés

2. el quinto centenario
   a. Europa   b. 1992   c. las Américas

3. el libro *Yo, Rigoberta*
   a. la voz indígena   b. literatura inglesa   c. éxito instantáneo

4. las discusiones sobre el mérito literario
   a. 500 años de resistencia   b. la autenticidad   c. la modernidad occidental

5. el Premio Nobel de la Paz para Menchú
   a. cien firmas   b. el apoyo de la campaña 500 Años de Resistencia   c. las guerras

Después de ver

Act. 4 COMPRENSIÓN

After viewing the video as many times as you need to, answer the following questions in Spanish.

1. ¿Qué obstáculos ha superado Menchú?
2. ¿Dónde se estudia la autobiografía de Menchú?
3. Al ganar el Premio Nobel de la Paz, ¿en qué se convirtió Menchú?
4. ¿Por qué dice el dramaturgo Harold Pinter que sobrevivió Menchú?
5. ¿Qué tenía mezclado el trabajo de Menchú en el momento de escribir el libro?
6. ¿Por qué fue un éxito instantáneo el libro de Menchú?
7. Según Menchú, ¿qué elemento importante le da valor al libro?
8. ¿Qué dicen los críticos de Menchú y su estatus como representante de la voz indígena?
9. Según Menchú, ¿qué es incorrecto pensar en cuanto a cómo viven los indígenas hoy?
10. ¿Por qué es simbólico que Menchú gane el Premio Nobel de la Paz en el año 1992?

Act. 5 EXPANSIÓN

Paso 1. Pick one of the topics below for further research.

Conexiones (historia, política):
Do you know the process of how a Nobel Peace Prize winner is chosen?
Do some research about who awards it, how people are nominated, and who the last five winners were.

Comparaciones:
Who was the most recent American who won the Nobel Peace Prize?
Can you make any comparisons between him/her and Rigoberta Menchú?

Paso 2. Conduct a web search for information about your topic. Select two or three relevant sources.

Paso 3. Using the information you've researched, write a short **resumen** of 3–5 sentences, in Spanish, that answers the questions and reports your findings. Be prepared to present your conclusions to the class.

© National Geographic Maps

honduras

© National Geographic Maps

INFORMACIÓN GENERAL

Nombre oficial: **República de Honduras**

Nacionalidad: **hondureño(a)**

Área: **112 090 km²** (aproximadamente el tamaño de Pennsylvania)

Población: **8 296 693** (2011)

Capital: **Tegucigalpa** (f. 1762) (1 000 000 hab.)

Otras ciudades importantes: **San Pedro Sula** (873 000 hab.), **El Progreso** (200 000 hab.)

Moneda: **lempira**

Idiomas: **español** (oficial), **dialectos amerindios**

DEMOGRAFÍA

Alfabetismo: 80%

Religiones: **católica** (97%), **protestante** (3%)

HONDUREÑOS CÉLEBRES

Lempira
héroe indígena (1499–1537)

Ramón Amaya Amador
escritor (1916–1966)

José Antonio Velásquez
pintor (1906–1983)

David Suazo
futbolista (1979–)

EN RESUMEN

1. La capital de Honduras es

   _____.

   ☐ Comayagua
   ☐ Tegucigalpa

2. ¿Cierto o falso?

   C F Honduras tiene una costa atlántica y una costa pacífica.

   C F Copán es una gran ciudad maya que se encuentra en Honduras.

3. ¿Qué tradición, imagen o persona asocias con Honduras?

Las aguas cristalinas de Roatán
© 2006 MICHAEL MELFORD/National
Geographic Image Collection

Top left: El tucán pico iris
Tier Und Naturfotografie J und C Sohns/
Photographer's Choice RF/Getty Images

Top center: El Altar Q en Copán
© 2006 KENNETH GARRETT/National
Geographic Image Collection

**Top right: La Iglesia Los Dolores,
Tegucigalpa**
Christian Kober/Robert Harding World
Imagery/Getty Images

kkgas/iStockphoto.com

Nicholas Monu/iStockphoto.com

Descifrar los jeroglíficos mayas tomó varias décadas y
una lista larga de arqueólogos, lingüistas, epigrafistas,
etnólogos y estudiantes.
Video supplied by BBC Motion Gallery

Antes de ver

La arquitectura y la escritura jeroglífica de los mayas han fascinado al mundo por
muchos años. Tomó muchos años y muchas personas para descifrar la escritura maya.
En Copán, se encontró una piedra, llamada Altar Q, que explica la cronología e historia
de los reyes de Copán. También se encontró un templo dentro de una pirámide dedicada
a Yax Kuk Mo, el fundador de Copán. El templo está decorado con la figura de un pájaro
que combina los elementos del quetzal verde y el guacamayo azul. Visitar a Copán es
como viajar a través del tiempo para investigar la arquitectura y escritura avanzada de
una civilización misteriosa.

Act. 1 ESTRATEGIA Listening for cognates and key words

When listening to authentic speech, it is important to listen for key words. In this video
segment, there are many key words that are cognates. While you may recognize these
words immediately in their written form, listen carefully. They are pronounced quite
differently in Spanish and in English. Look at the following cognates and write their
English equivalent.

1. templo _____

2. jeroglífico _____

3. astrónomo _____

4. lingüista _____

5. fórmula _____

Act. 2 VOCABULARIO NUEVO

Match the English definitions with the Spanish words. Try to do it without using
a dictionary. Once you have finished, go to an online Spanish dictionary which
pronounces the words in Spanish and listen to each word twice.

1. la conjetura	**a.** *scepter*
2. descifrar	**b.** *portrait*
3. el hueso	**c.** *clue*
4. el retrato	**d.** *sixteenth*
5. decimosexto	**e.** *conjecture*
6. el bastón de mando	**f.** *bone*
7. la edificación	**g.** *building, construction*
8. el rito	**h.** *cross-section*
9. la muestra representativa	**i.** *ritual*
10. la pista	**j.** *to decipher*

Ver

Act. 3 LAS FRASES

As you watch the video, circle the answer that best relates to the phrase provided.

1. los jeroglíficos mayas
    a. una sola persona los descifra   b. fácil de descifrar   c. difícil de descifrar

2. Altar Q
    a. representa una conferencia de astrónomos   b. hay quince jaguares enterrados debajo del altar
    c. representa un calendario

3. el decimosexto rey
    a. recibe el bastón de mando del fundador   b. es Yax Kuk Mo   c. se representa solo

4. la arquitectura maya
    a. se conoce por construir una edificación sobre otra   b. se conoce por su simplicidad
    c. se conoce por sus ritos especiales

5. el templo dentro de la acrópolis de Copán
    a. tiene la forma de un árbol   b. la decoración es un retrato simbólico de todo el universo
    c. la muerte y el inframundo están en la base del templo

Después de ver

Act. 4 COMPRENSIÓN

After viewing the video as many times as you need to, answer the following questions in Spanish.

1. ¿Qué quiere decir "ta li"?
2. A principios del siglo XX, ¿qué se pensaba que representaba el Altar Q?
3. ¿Para qué se pensaba que las figuras en el Altar Q se juntaron en Copán?
4. ¿Qué se encuentran debajo del Altar Q?
5. ¿Quién mandó a erigir el Altar Q?
6. ¿Cómo decidió pintarse a sí mismo ese rey?
7. ¿Quién le da el bastón de mando al rey?
8. ¿Por qué tendencia se conoce la arquitectura maya?
9. Cuando se termina el uso de una edificación, ¿cómo se marca "la muerte"?
10. ¿Qué se encuentra enterrado dentro de la acrópolis?

Act. 5 EXPANSIÓN

Paso 1. Pick one of the topics below for further research.

Conexiones (arqueología):
What do you know about Mayan architecture or writing?
Do some research on Mayan architecture or Mayan writing and bring one interesting fact to class that you didn't know before.

Comparaciones:
Are there any ancient temples or ancient writing in the United States? Where?
What civilization left them?

Paso 2. Conduct a web search for information about your topic. Select two or three relevant sources.

Paso 3. Using the information you've researched, write a short **resumen** of 3–5 sentences, in Spanish, that answers the questions and reports your findings. Be prepared to present your conclusions to the class.

méxico

© National Geographic Maps

© National Geographic Maps

INFORMACIÓN GENERAL

Nombre oficial: **Estados Unidos Mexicanos**

Nacionalidad: **mexicano(a)**

Área: **1 964 375 km²** (aproximadamente 4 ½ veces el tamaño de California)

Población: **114 975 406** (2011)

Capital: **México, D.F.** (f. 1521) (19 319 000 hab.)

Otras ciudades importantes: **Guadalajara** (4 338 000 hab.), **Monterrey** (3 838 000 hab.), **Puebla** (2 278 000 hab.)

Moneda: **peso** (mexicano)

Idiomas: **español** (oficial), **náhuatl, maya, zapoteco, mixteco, otomí, totonaca** (se hablan aproximadamente 280 idiomas)

DEMOGRAFÍA

Alfabetismo: 86,1%

Religiones: **católica** (76,5%), **protestante** (5,2%), **testigos de Jehová** (1,1%), **otras** (17,2%)

MEXICANOS CÉLEBRES

Armando Manzanero
cantautor (1935–)

Rafa Márquez
futbolista (1979–)

Gael García Bernal
actor (1978–)

EN RESUMEN

1. La capital de México es _____.

☐ México, D.F.
☐ Monterrey

2. ¿Cierto o falso?

C F Los olmecas, los mayas y los aztecas son tres grandes civilizaciones antiguas de México.

C F Las mariposas monarcas viajan todos los inviernos desde Canadá y los EE.UU. hasta el estado mexicano de Michoacán.

3. ¿Qué tradición, imagen o persona asocias con México?

Vista panorámica de Guanajuato
© 2006 DAVID EVANS /National
Geographic Image Collection

Top left: Calaveras pintadas para
el Día de los Muertos
sisqopote/Shutterstock.com

Top center: Chiles a la venta en un
mercado de Oaxaca
Stuart Antrobus/Photographer's
Choice/Getty Images

Top right: La ciudad maya de
Tulum, en la costa caribeña
traveler1116/iStockphoto.com

kkgas/iStockphoto.com

Por fin, llegan al corazón del cañón. Los kayakistas
sienten que están en la puerta del inframundo.
© National Geographic Digital Motion

Nicholas Monu/iStockphoto.com

Antes de ver

Agua Azul es una selva de cataratas ruidosas y cuevas entre los ríos. Unos valientes
kayakistas deciden correr los rápidos de los ríos verticales de Agua Azul. Domar
(To tame) estas aguas peligrosas requiere una mezcla de experiencia, visión y nervios
de acero. Acompaña a los kayakistas en su expedición al corazón de la selva maya
para ver un México que no conoces.

Act. 1 ESTRATEGIA Using background knowledge to anticipate content
If you have a rough idea of a video segment's content, you can predict what other
information it may contain. Think about the topic and ask yourself what you know
about it. By organizing your thoughts in advance, you prepare yourself to understand
the content more easily. List a few things you already know about the following topics,
and what you might expect to learn about them in this video segment.

1. kayaking _____

2. waterfalls _____

3. rapelling _____

4. water caves _____

Act. 2 VOCABULARIO NUEVO
Match the English definitions with the Spanish words. Try to do it without using
a dictionary. Once you have finished, go to an online Spanish dictionary which
pronounces the words in Spanish and listen to each word twice.

1. las cataratas	**a.** *challenge*
2. la cueva	**b.** *to dare*
3. atreverse	**c.** *black hole*
4. la caliza	**d.** *waterfalls*
5. la presa	**e.** *rock climbing*
6. el curso bajo	**f.** *cave*
7. escalada en roca	**g.** *limestone*
8. el desafío	**h.** *dam*
9. el hoyo negro	**i.** *lower falls*
10. el remolino	**j.** *whirlpool*

Ver

As you watch the video, circle the answer that does NOT relate to the phrase provided.

1. las cataratas
   a. ruidosas   b. peligrosas   c. escalada en roca

2. los kayakistas
   a. expertos   b. inexpertos   c. valientes

3. el curso bajo del Río Azul
   a. fácil de navegar   b. díficil de navegar   c. seis caídas gigantes

4. la cueva Chan
   a. el dios del agua   b. un hoyo negro   c. en la montaña

5. El Remolino
   a. un cenote agitado   b. mide 25 pies   c. protege a la cueva

Después de ver

Act. 4 COMPRENSIÓN

After viewing the video as many times as you need to, answer the following questions in Spanish.

1. ¿Qué es Agua Azul?

2. ¿Solo quién se atreve a jugar en Agua Azul?

3. ¿Dónde se encuentra Agua Azul?

4. ¿Qué se encuentra de extraordinario en Agua Azul?

5. ¿De qué consiste el curso bajo del Río Azul?

6. ¿Qué habilidades tiene que tener el kayakista que quiere domar estas aguas peligrosas?

7. ¿Cuánto miden la catarata más pequeña y la más alta?

8. ¿Cómo llegan los kayakistas a la cueva Chan?

9. ¿Qué protege la cueva Chan?

10. ¿Cómo le llaman los kayakistas a la masa de agua?

Act. 5 EXPANSIÓN

Paso 1. Pick one of the topics below for further research.

Conexiones (deportes):
What do you know about kayaking?
What does it take to become an expert kayaker?
What different types of kayaking are there?

Comparaciones:
Is there a place to kayak or go whitewater rafting in your state?
How does it compare to Agua Azul in level of difficulty?

Paso 2. Conduct a web search for information about your topic. Select two or three relevant sources.

Paso 3. Using the information you've researched, write a short **resumen** of 3–5 sentences, in Spanish, that answers the questions and reports your findings. Be prepared to present your conclusions to the class.

nicaragua

© National Geographic Maps

© National Geographic Maps

INFORMACIÓN GENERAL

Nombre oficial: **República de Nicaragua**

Nacionalidad: **nicaragüense**

Área: **130 370 km²** (aproximadamente el tamaño del estado de Nueva York)

Población: **5 727 707** (2011)

Capital: **Managua** (f. 1522) (934 000 hab.)

Otras ciudades importantes: **León** (175 000 hab.), **Chinandega** (151 000 hab.)

Moneda: **córdoba**

Idiomas: **español** (oficial), **inglés, miskito, otras lenguas indígenas en la costa atlántica**

DEMOGRAFÍA

Alfabetismo: 67,5%

Religiones: **católica** (58,5%), **evangélica** (21,6%), **otras** (4,2%), **sin afiliación** (15,7%)

NICARAGÜENSES CÉLEBRES

Rubén Darío
poeta, padre del modernismo (1867–1916)

Violeta Chamorro
periodista, ex presidenta (1929–)

Ernesto Cardenal
sacerdote, poeta (1925–)

EN RESUMEN

1. La capital de Nicaragua es

   _____.

   ☐ Matagalpa
   ☐ Managua

2. ¿Cierto o falso?

   C F Nicaragua tiene costas en el Golfo de México y el Mar Caribe.

   C F Rubén Darío, el padre del modernismo, nació en Nicaragua.

3. ¿Qué tradición, imagen o persona asocias con Nicaragua?

kkgas/iStockphoto.com

Nicholas Monu/iStockphoto.com

Las playas blancas, las montañas, los volcanes… en Nicaragua uno está rodeado de paisajes hermosos por todos lados.
© Cengage Learning, 2014

Antes de ver

Nicaragua es un país de gran belleza natural. En este país centroamericano, hay lagos, volcanes, playas y hermosos paisajes. También hay bellas ciudades coloniales, como León, donde nació Rubén Darío, el famoso poeta al frente del movimiento literario del modernismo. Managua, la ciudad capital, ofrece todas las ventajas y desventajas de un área metropolitana. Los clubes de Managua vibran con los ritmos de música bailable al anochecer. Nicaragua tiene mucho que ofrecerles a su gente y a sus visitantes.

Act. 1 ESTRATEGIA Watching without sound

Sometimes it helps to watch a segment first without the sound. As you watch, focus on the images of important sites. List five places you saw that you think might be mentioned. (Do not watch the segment with sound until you get to **Act. 3**.)

EJEMPLO: la plaza

1. _____

2. _____

3. _____

4. _____

5. _____

Act. 2 VOCABULARIO NUEVO

Match the English definitions with the Spanish words. Try to do it without using a dictionary. Once you have finished, go to an online Spanish dictionary which pronounces the words in Spanish and listen to each word twice.

1. el caballo		**a.** *for sale*	
2. la carretera		**b.** *danceable*	
3. barroco(a)		**c.** *horse*	
4. la diócesis		**d.** *civil war*	
5. de venta		**e.** *road, highway*	
6. el paisaje		**f.** *at nightfall*	
7. la guerra civil		**g.** *baroque*	
8. la etapa		**h.** *stage, phase*	
9. al anochecer		**i.** *diocese*	
10. bailable		**j.** *landscape, scenery*	

Ver

As you watch the video, circle the word or phrase that best relates to the cue.

1. **calles y carreteras**
   a. caballos y bicicletas   b. aviones y motocicletas

2. **la catedral de León**
   a. barroca colonial   b. grecorromana

3. **paisajes hermosos**
   a. selvas, desiertos y campos   b. playas, montañas, volcanes

4. **Rubén Darío**
   a. el modernismo   b. el realismo mágico

5. **Managua**
   a. poco tráfico   b. mucho tráfico

Después de ver

Act. 4 COMPRENSIÓN

After viewing the video as many times as you need to, answer the following questions in Spanish.

1. ¿Qué país en Centroamérica es el más grande?
2. ¿Dónde nació el poeta Rubén Darío?
3. ¿Por qué se conoce al poeta Rubén Darío?
4. ¿Por qué tiene gran valor histórico la Catedral de León?
5. ¿Qué ciudad es la segunda más poblada de Centroamérica?
6. ¿Qué ciudad es la más poblada de Centroamérica?
7. ¿A qué hora hay congestión de vehículos?
8. ¿Dónde podría uno encontrar un poco de tranquilidad en Managua?
9. ¿Qué dividió el país en los años 70?
10. ¿Qué cosas se pueden ver en la ciudad dedicadas a esa etapa de la historia nicaragüense?

Act. 5 EXPANSIÓN

Paso 1. Pick one of the topics below for further research.

Conexiones (literatura):
What do you know about the literary movement **el modernismo**?
Find out three things about it and what role Rubén Darío played in its development.

Comparaciones:
Find one active or inactive volcano in the United States and compare its size and activity to an important volcano in Nicaragua.

Paso 2. Conduct a web search for information about your topic. Select two or three relevant sources.

Paso 3. Using the information you've researched, write a short **resumen** of 3–5 sentences, in Spanish, that answers the questions and reports your findings. Be prepared to present your conclusions to the class.

© National Geographic Maps

panamá

© National Geographic Maps

INFORMACIÓN GENERAL

Nombre oficial: **República de Panamá**

Nacionalidad: **panameño(a)**

Área: **75 420 km²** (aproximadamente la mitad del tamaño de Florida)

Población: **3 510 045** (2011)

Capital: **Panamá** (f. 1519) (1 346 000 hab.)

Otras ciudades importantes: **San Miguelito** (294 000 hab.), **David** (83 000 hab.)

Moneda: **balboa** (oficial), **dólar estadounidense** (circulante)

Idiomas: **español** (oficial), **inglés**

DEMOGRAFÍA

Alfabetismo: 91,9%

Religiones: **católica** (85%), **protestante** (15%)

PANAMEÑOS CÉLEBRES

Rubén Blades
cantautor, actor, abogado, político (1948–   )

Omar Torrijos
militar, presidente (1929–1981)

Joaquín Beleño
escritor y periodista (1922–1988)

EN RESUMEN

1. La capital de Panamá es

   _____.

   ☐ Panamá
   ☐ Santiago

2. ¿Cierto o falso?

   C F El canal de Panamá conecta el océano Pacífico con el océano Atlántico (a través del Mar Caribe).

   C F El explorador español Vasco Núñez de Balboa fue el primer europeo en ver el océano Pacífico desde Panamá.

3. ¿Qué tradición, imagen o persona asocias con Panamá?

el Puente de las Américas
© 2009 TIM LAMAN/National
Geographic Image Collection

Top left: Las molas, artesanía tradicional kuna
Heath Patterson/Photographer's Choice/
Getty Images

Top center: La ciudad de Panamá
Maiquez/Shutterstock.com

Top right: La selva tropical, Isla Barro Colorado
© 2011 STEPHEN ST. JOHN/National
Geographic Image Collection

kkgas/iStockphoto.com

Nicholas Monu/iStockphoto.com

En poco tiempo nos habíamos internado tierra adentro, más lejos de lo que jamás habían viajado los kuna en toda su vida.
© National Geographic Digital Motion

Antes de ver

En 1513, el explorador español Vasco Núñez de Balboa cruzó el Darién en Panamá para ser el primer europeo en ver el océano Pacífico. Toda su vida el periodista Jon Lee Anderson ha soñado en hacer el mismo viaje sobre ese pedacito de tierra que conecta a dos continentes y divide dos océanos. En este video, Jon Lee nos lleva con él en su expedición por el Darién. Nos cuenta todo lo que le pasó y cómo se sintió cuando por fin llegó a la misma cumbre que todos creen es el lugar donde Balboa vio el Pacífico por primera vez.

Act. 1 ESTRATEGIA Viewing a segment several times.

When you hear authentic Spanish, it may sound very fast. Remember that you don't have to understand everything and that, with video, you have the opportunity to replay. The first time you view the segment, listen for the general idea. The second time, listen for details. Before you view the segment, write down four things from the introductory paragraph above that you think might be important to listen for.

EJEMPLO: el explorador Vasco Núñez de Balboa

1. _____

2. _____

3. _____

4. _____

Act. 2 VOCABULARIO NUEVO

Match the English definitions with the Spanish words. Try to do it without using a dictionary. Once you have finished, go to an online Spanish dictionary which pronounces the words in Spanish and listen to each word twice.

1. lo desconocido	**a.** *cloud forest*
2. advertir	**b.** *punishment*
3. sagrado(a)	**c.** *inland*
4. tierra adentro	**d.** *dehydration*
5. el bosque nublado	**e.** *to warn*
6. el agotamiento	**f.** *peak*
7. la deshidratación	**g.** *crossbow*
8. la ballesta	**h.** *sacred*
9. la pólvora	**i.** *the unknown*
10. dar resultados	**j.** *to get results*
11. la cumbre	**k.** *smoke*
12. arriesgar	**l.** *exhaustion*
13. el castigo	**m.** *to witness*
14. el humo	**n.** *gunpowder*
15. presenciar	**o.** *to risk*

Ver

Act. 3 LAS FRASES

As you watch the video, circle the word or phrase that describes the cue.

1. el Darién
   a. conecta dos continentes y divide dos océanos   b. es una región muy poblada

2. Vasco Núñez de Balboa
   a. primer europeo en ver el Atlántico   b. primer europeo en ver el Pacífico

3. Jon Lee Anderson
   a. periodista español   b. periodista estadounidense

4. los kuna
   a. indígenas panameños   b. indígenas ecuatorianos

5. Pechito Parado
   a. la cumbre donde Balboa ve el Pacífico   b. un pueblo en la carretera Panamericana

Después de ver

Act. 4 COMPRENSIÓN

After viewing the video as many times as you need to, answer the following questions in Spanish.

1. ¿Adónde quiere hacer una expedición el periodista Jon Lee Anderson?
2. ¿Qué explorador famoso inspira a Anderson a hacer esta expedición?
3. ¿Cuántas semanas le tomó a Balboa cruzar el Darién y llegar a la costa del Pacífico?
4. ¿Qué le sorprendió a Anderson cuando vio el mapa del Darién?
5. ¿A quién le tiene que pedir permiso Anderson para cruzar las primeras tierras?
6. ¿Qué le advirtió el jefe kuna a Anderson?
7. Igual que Balboa, ¿qué iban a usar como caminos?
8. ¿Cómo supieron que estaban perdidos?
9. ¿Quién supo el camino correcto?
10. Según el propio Anderson, ¿qué aprendió después de su expedición?

Act. 5 EXPANSIÓN

Paso 1. Pick one of the topics below for further research.

Conexiones (historia):
What do you know about the explorer Vasco Núñez de Balboa?
Find out one or two interesting facts about his travels in the New World. (For example:
How many trips did he make to the New World?
On which trip did he go to Panamá?
What were his reasons for going to the New World?)

Comparaciones:
Are there any places, streets, or institutions near you or in a city you know that use Balboa's name? What are they and why is he being honored in this way?

Paso 2. Conduct a web search for information about your topic. Select two or three relevant sources.

Paso 3. Using the information you've researched, write a short **resumen** of 3–5 sentences, in Spanish, that answers the questions and reports your findings. Be prepared to present your conclusions to the class.

paraguay

© National Geographic Maps

© National Geographic Maps

INFORMACIÓN GENERAL

Nombre oficial: **República del Paraguay**

Nacionalidad: **paraguayo(a)**

Área: **406 752 km²** (aproximadamente el tamaño de California)

Población: **6 541 591** (2011)

Capital: **Asunción** (f. 1537)
(1 977 000 hab.)

Otras ciudades importantes:
Ciudad del Este (321 000 hab.),
San Lorenzo (271 000 hab.)

Moneda: **guaraní**

Idiomas: **español y guaraní** (oficiales)

DEMOGRAFÍA

Alfabetismo: 94%

Religiones: **católica** (89,6%),
protestante (6,2%), **otras** (3,1%),
sin afiliación (1,1%)

PARAGUAYOS CÉLEBRES

Augusto Roa Bastos
escritor, Premio Cervantes de Literatura
(1917–2005)

José Luis Chilavert
futbolista (1965–   )

Olga Blinder
pintora, escultora (1921–2008)

Berta Rojas
guitarrista (1966–   )

EN RESUMEN

1. La capital de Paraguay es

    _____ .

    ☐ **Asunción**
    ☐ **Puerto Pinasco**

2. **¿Cierto o falso?**

    C F Paraguay no tiene ni costa
    pacífica ni costa atlántica.

    C F En las selvas tropicales de
    Paraguay hay plantas medicinales.

3. **¿Qué tradición, imagen o persona
    asocias con Paraguay?**

La misión jesuítica de Santísima
Trinidad del Paraná
© 2009 MIKE THEISS/National
Geographic Image Collection

Top left: Vista panorámica de
Asunción
De Agostini/Getty Images

Top center: Un chamán de la
comunidad Chamacoco
AP Photo/Jorge Saenz

Top right: Las cataratas de Iguazú
Neale Cousland/Shutterstock.com

Gervasio está buscando una raíz difícil
de encontrar que a veces se llama *Suruvi*.
© National Geographic Digital Motion

Nicholas Monu/iStockphoto.com

kkgas/iStockphoto.com

Antes de ver

Gervasio, un chamán paraguayo, tiene un conocimiento profundo de las plantas y hierbas en la selva tropical que tienen propiedades medicinales. Los científicos quieren documentar las plantas y hierbas, y también el conocimiento de Gervasio, antes de que se destruya la selva. Es un asunto urgente, porque si desaparecen las plantas y hierbas medicinales, también desparece la posibilidad de descubrir medicinas nuevas para todo tipo de enfermedades, incluso el cáncer.

Act. 1 ESTRATEGIA Watching without sound
Sometimes it helps to watch a segment first without the sound, especially when it contains a lot of action. As you watch, focus on the images and the actions and interactions. What do you think is happening? Once you have gotten some ideas, watch the segment a second time with the sound turned on. List a few ideas of what you think might be going on in the segment.

1. _____

2. _____

3. _____

4. _____

Act. 2 VOCABULARIO NUEVO
Match the English definitions with the Spanish words. Try to do it without using a dictionary. Once you have finished, go to an online Spanish dictionary which pronounces the words in Spanish and listen to each word twice.

1. la migraña	**a.** *knowledge*
2. la fuente	**b.** *healer*
3. el (la) curandero(a)	**c.** *to prosper*
4. el chamán	**d.** *migraine*
5. la tasa de deforestación	**e.** *to disappear*
6. el conocimiento	**f.** *source*
7. desaparecer	**g.** *deforestation rate*
8. la raíz	**h.** *shaman*
9. la cura médica	**i.** *root*
10. prosperar	**j.** *medical cure*

60

Ver

As you watch the video, write one or two words associated with the word or phrase listed.

1. enfermedades _____

2. curas medicinales _____

3. conocimiento _____

4. investigaciones _____

5. libro _____

6. bosque _____

Después de ver

Act. 4 COMPRENSIÓN

After viewing the video as many times as you need to, answer the following questions in Spanish.

1. Según la narración, ¿qué es posible curar con una planta o hierba de la selva?

2. ¿Quiénes saben cuáles plantas pueden curar?

3. ¿A qué compara la narración el conocimiento del chamán Gervasio?

4. ¿Cómo es la tasa de deforestación de Paraguay?

5. ¿De qué hay esperanza antes de que desaparezca la selva?

6. ¿Cuántas acres tiene la reserva natural Mbaracayú?

7. ¿Qué hace Gervasio para establecer una conexión espiritual con la selva?

8. ¿Qué está buscando Gervasio en la selva?

9. ¿Por qué están interesados los científicos en esta familia de plantas?

10. ¿Por qué es urgente documentar y analizar las plantas paraguayas?

Act. 5 EXPANSIÓN

Paso 1. Pick one of the topics below for further research.

Conexiones (ciencias, biología):
Do you think plants and herbs have the power to heal?
Do you know of anybody who uses plants and herbs in a medicinal capacity?
Research one herb or plant that you think might have medicinal properties.

Comparaciones:
Is there a forest in your area that is undergoing deforestation?
What is the rate of deforestation in your area?
How does it compare to Paraguay's?

Paso 2. Conduct a web search for information about your topic. Select two or three relevant sources.

Paso 3. Using the information you've researched, write a short **resumen** of 3–5 sentences, in Spanish, that answers the questions and reports your findings. Be prepared to present your conclusions to the class.

perú

INFORMACIÓN GENERAL

Nombre oficial: **República del Perú**

Nacionalidad: **peruano(a)**

Área: **1 285 216 km²** (un poco menos del tamaño de Alaska)

Población: **29 549 517** (2011)

Capital: **Lima** (f. 1535) (8 769 000 hab.)

Otras ciudades importantes: **Callao** (877 000 hab.), **Arequipa** (778 000 hab.), **Trujillo** (906 000 hab.)

Moneda: **nuevo sol**

Idiomas: **español y quechua** (oficiales), **aimara y otras lenguas indígenas**

DEMOGRAFÍA

Alfabetismo: 92,9%

Religiones: **católica** (81,3%), **evangélica** (12,5%), **otras** (6,2%)

PERUANOS CÉLEBRES

Mario Vargas Llosa
escritor, político (1936–), Premio Nobel de Literatura

César Vallejo
poeta (1892–1938)

Javier Pérez de Cuellar
secretario general de las Naciones Unidas (1920–)

Tania Libertad
cantante (1952–)

EN RESUMEN

1. La capital de Perú es _____.

☐ Lima
☐ Callao

2. ¿Cierto o falso?

C F Perú tiene costa en el océano Atlántico.

C F En Perú, las mujeres no pueden tener negocios.

3. ¿Qué tradición, imagen o persona asocias con Perú?

Mujer quechua con una llama
Michael Freeman/Digital Vision/Getty
Images

Top left: La catedral de Lima
Thomas Barrat/Shutterstock.com

Top center: Mujer haciendo hilo
de la lana de alpaca
© 1994 CARY WOLINSKY/National
Geographic Image Collection

Top right: La plaza de Armas,
Cuzco
© 2009 MICHAEL S. LEWIS/National
Geographic Image Collection

kkgas/iStockphoto.com

Nicholas Monu/iStockphoto.com

"Yo tejo cuando estoy en mi casa en las tardes y
en las mañanitas, y aquí los lunes y los sábados".
© National Geographic Digital Motion

Antes de ver

En un pueblo pequeño de los Andes, unas mujeres están revitalizando la tradición inca
del tejido. En la cooperativa de tejedoras de Chinchero, las mujeres ancianas les están
enseñando a las chicas de la nueva generación cómo tejer colchas, prendas de ropa
y otros artículos para vender. No solo están conservando métodos antiguos, sino que
también están creando una nueva fuente económica para las familias que no pueden
vivir solamente de la agricultura y la ganadería. Las jóvenes y mujeres de Chinchero
no solo aprenden a tejer; también aprenden a ser autosuficientes. De esta manera, el
arte de los textiles tradicionales sigue fuerte y las mujeres se convierten en el principal
sostén económico de la familia. ¡Un arte antiguo ha pasado de ser una tradición a ser
una forma de ganar dinero y vivir mejor!

Act. 1 ESTRATEGIA Listening for sequencing words
As you listen to this video segment, pay attention to sequencing words that help
you understand the order in which things occur. Words such as **primero, segundo,
luego, antes, después** can help you order the information in the video and aid your
comprehension. Say which word goes first in each pair of words.

después **primero** **entonces** **luego**

1. después, primero _____

2. primero, entonces _____

3. luego, primero _____

4. luego, después _____

Act. 2 VOCABULARIO NUEVO
Match the English definitions with the Spanish words. Try to do it without using
a dictionary. Once you have finished, go to an online Spanish dictionary which
pronounces the words in Spanish and listen to each word twice.

1. tejer	**a.** *to embody, personify*
2. el tejido	**b.** *to spin (thread)*
3. la tejedora	**c.** *wool*
4. el/la aldeano(a)	**d.** *woven fabric*
5. la lana	**e.** *self-sufficient*
6. hilar	**f.** *to weave*
7. la oveja	**g.** *economic means of support*
8. el sustento económico	**h.** *sheep*
9. autosuficiente	**i.** *female weaver*
10. personificar	**j.** *villager*

Ver

Act. 3 LAS FRASES

As you watch the video, circle the answer that best relates to the phrase provided.

1. la oveja
   a. la lana invernal   b. la cooperativa   c. las tejedoras

2. la lana
   a. la agricultura   b. la tela   c. la industria

3. las tejedoras ancianas
   a. aprender a tejer   b. olvidar las tradiciones   c. enseñar a las jóvenes

4. los hombres de Chinchero
   a. granjeros   b. tejedores   c. cocineros

5. Nilda Callañaupa
   a. fundadora de la cooperativa   b. cocinera   c. no sabe tejer

Después de ver

Act. 4 COMPRENSIÓN

After viewing the video as many times as you need to, answer the following questions in Spanish.

1. ¿Con qué animal empiezan los tejidos?
2. ¿Qué utensilio usan los aldeanos para quitarle la lana a la oveja?
3. Tradicionalmente, ¿cuáles han sido las industrias en Chinchero?
4. Tradicionalmente, ¿qué hacían las mujeres de Chinchero?
5. ¿Qué oficio trata de salvar Nilda con el Centro de Tejedoras de Chinchero?
6. ¿Qué les enseñan las mujeres ancianas a la generación más joven en la cooperativa?
7. ¿Qué no era común en el pasado de Chinchero?
8. Antes tejer era una tradición, pero ahora, ¿qué es?
9. Con los tejidos que venden, ¿en qué se convierten las mujeres tejedoras para su familia?
10. Las jóvenes de Chinchero no solo aprenden a tejer. ¿Qué más aprenden?

Act. 5 EXPANSIÓN

Paso 1. Pick one of the topics below for further research.

Conexiones (arte, negocio):
What do you know about the Andean tradition of weaving?
How old is the art that the women of the Centro de Tejedoras de Chinchero are teaching to the younger generation?
In what cultures did it originate and for what reason?

Comparaciones:
Do you know of an ancient art or tradition that has been revitalized for use in the modern world? Are there any artistic traditions in your culture that you would like to learn?

Paso 2. Conduct a web search for information about your topic. Select two or three relevant sources.

Paso 3. Using the information you've researched, write a short **resumen** of 3–5 sentences, in Spanish, that answers the questions and reports your findings. Be prepared to present your conclusions to the class.

puerto rico

© National Geographic Maps

© National Geographic Maps

INFORMACIÓN GENERAL

Nombre oficial: **Estado Libre Asociado de Puerto Rico**

Nacionalidad: **puertorriqueño(a)**

Área: **13 790 km²** (un poco menos de tres veces el tamaño de Rhode Island)

Población: **3 998 905** (2011)

Capital: **San Juan** (f. 1521) (2 730 000 hab.)

Otras ciudades importantes: **Ponce** (166 000 hab.), **Caguas** (143 000 hab.)

Moneda: **dólar** (estadounidense)

Idiomas: español, inglés (oficiales)

DEMOGRAFÍA

Alfabetismo: 94,1%

Religiones: **católica** (85%), **protestante y otras** (15%)

PUERTORRIQUEÑOS CÉLEBRES

Rosario Ferré
escritora (1938–   )

Ricky Martin
cantante, benefactor (1971–   )

Raúl Juliá
actor (1940–1994)

EN RESUMEN

1. Puerto Rico tiene costas en _____.

☐ el Océano Pacífico
☐ el Mar Caribe y el Océano Atlántico

2. ¿Cierto o falso?

C F El Viejo San Juan es un barrio de edificios históricos en San Juan.

C F San Juan es un puerto muy visitado por cruceros.

3. ¿Qué tradición, imagen o persona asocias con Puerto Rico?

El Castillo San Felipe del Morro
© 2008 TAYLOR S. KENNEDY/National
Geographic Image Collection

Top left: Mujer preparando la
comida boricua
Stephen Frink/Corbis

Top center: Plaza de las Delicias,
Ponce
Atlantide Phototravel/Corbis

Top right: Hombre tocando los
tambores metálicos
John & Lisa Merrill/The Image Bank/
Getty Images

kkgas/iStockphoto.com

Es un lugar colorido y vibrante... y lleno de vida.
© National Geographic Digital Motion

Nicholas Monu/iStockphoto.com

Antes de ver

El Viejo San Juan es una ciudad colonial con una rica herencia cultural. Más de un millón de turistas visitan el Viejo San Juan cada año para compartir las playas, los edificios históricos, el clima tropical y la gente amable. En el Viejo San Juan se puede sentir el encanto del pasado y disfrutar del espíritu puertorriqueño que vibra por las calles de esta antigua y pintoresca ciudad.

Act. 1 ESTRATEGIA Listening for the main idea

A good way to organize your viewing of authentic video is to focus on getting the main idea of the segment. Don't try to understand every word; just try to get the gist of each scene. Later, with the help of textbook activities, some of the other details of the segment will emerge. Based on the photos on the previous page, and the introductory paragraph, guess what the main idea of the segment on Old San Juan will be.

1. Main idea: _____

Act. 2 VOCABULARIO NUEVO

Match the English definitions with the Spanish words. Try to do it without using a dictionary. Once you have finished, go to an online Spanish dictionary which pronounces the words in Spanish and listen to each word twice.

1. fundada		**a.** *picturesque*	
2. el muro		**b.** *luxury cruise ship*	
3. la calle de adoquín		**c.** *founded*	
4. pintoresco(a)		**d.** *nautical*	
5. el atractivo		**e.** *wall*	
6. la fortaleza		**f.** *cobblestone street*	
7. marítimo(a)		**g.** *charm*	
8. el hemisferio occidental		**h.** *western hemisphere*	
9. el encanto		**i.** *fortress*	
10. el crucero de lujo		**j.** *attraction*	

68

Ver

As you watch the video, decide whether statements are facts (**F**) or opinions (**O**).

1. Fundada en 1521, San Juan es la segunda ciudad más antigua establecida por los europeos, en todas las Américas.
2. San Juan es la imagen perfecta de una ciudad colonial.
3. Es un lugar colorido y vibrante —lleno de vida.
4. El fuerte fue construido por los españoles por alrededor de 1540, con la intención de bloquear a los enemigos marítimos.
5. La iglesia de San José es la segunda más antigua que se conoce en el hemisferio occidental.
6. Calle abajo, La Fortaleza, una fortaleza antigua, ahora es la casa del gobernador.
7. Más de un millón de visitantes desembarcan de estos cruceros de lujo cada año.
8. El Viejo San Juan es un recuerdo encantador del pasado.

Después de ver

Act. 4 COMPRENSIÓN
After viewing the video as many times as you need to, answer the following questions in Spanish.

1. ¿En qué año fue fundada San Juan?
2. ¿Qué rodea la ciudad?
3. ¿Cuántas personas residen en el distrito pintoresco del Viejo San Juan?
4. ¿Qué es abundante en el Viejo San Juan?
5. ¿Quién estuvo al frente del proyecto por rehabilitar, restablecer y revitalizar el Viejo San Juan?
6. ¿Cuál es la fortaleza más impresionante en el Viejo San Juan?
7. ¿Quién construyó el Fuerte San Felipe del Morro y para qué?
8. ¿En qué año empezó la construcción de la iglesia de San José?
9. ¿De quién es la estatua que se encuentra en la Plaza San José?
10. ¿Cómo se usa La Fortaleza hoy día?

Act. 5 EXPANSIÓN

Paso 1. Pick one of the topics below for further research.

Conexiones (historia):
Who were the Spaniards that founded Old San Juan?
What year did they arrive and what did they find?
What were their contributions to the island of Puerto Rico?

Comparaciones:
Do you know of a town or neighborhood in your area that has a historical district filled with historic buildings that have been renovated?
What is the history of that town?
Who founded it and who lives there now?

Paso 2. Conduct a web search for information about your topic. Select two or three relevant sources.

Paso 3. Using the information you've researched, write a short **resumen** of 3–5 sentences, in Spanish, that answers the questions and reports your findings. Be prepared to present your conclusions to the class.

república dominicana

Monte Cristi
Luperón
Villa Vásquez
Puerto Plata
Mao
Imbert
Dajabón
Gaspar
Hernández
Cabrera
Sabaneta
Santiago
Moca
San Francisco
de Macorís
Océano Atlántico

*Bahía
Escocesa*

Sánchez
H I S P A N I O L A
La Vega
Yuna
Pimentel
Samaná
Bánica
Rincón
Cotuí
Miches
Comendador
Bonao
Monte
Plata
El Seibo
San Juan
Yamasá
Hato Mayor
El Macao
Yayas de
Viajama
San Juan
*Lago
Enriquillo*
Neiba
**Santo
Domingo**
Boca
Chica
San Pedro
de Macorís
Higüey
Jimaní
Azua
La Romana
Duvergé
*Isla
Catalina*
Cabral
Baní
San Cristóbal
Barahona
*Bahía
de
Ocoa*
Nizao
*Isla
Saona*
Pedernales
Mar Caribe
Oviedo
*Isla
Beata*

© National Geographic Maps

© National Geographic Maps

INFORMACIÓN GENERAL

Nombre oficial: **República Dominicana**

Nacionalidad: **dominicano(a)**

Área: **48 670 km²** (aproximadamente
2 veces el tamaño de New Hampshire)

Población: **10 088 598** (2011)

Capital: **Santo Domingo** (f. 1492)
(2 138 000 hab.)

Otras ciudades importantes: **Santiago
de los Caballeros** (1 972 000 hab.),
La Romana (228 000 hab.)

Moneda: **peso** (dominicano)

Idiomas: **español** (oficial)

DEMOGRAFÍA

Alfabetismo: 87%

Religiones: **católica** (95%), **otras** (5%)

DOMINICANOS CÉLEBRES

Juan Pablo Duarte
héroe de la independencia (1813–1876)

Juan Luis Guerra
músico (1957–)

Wilfrido Vargas
músico (1949–)

EN RESUMEN

1. La República Dominicana se
   encuentra en la isla de _____.

   ☐ Cuba   ☐ Hispaniola

2. ¿Cierto o falso?

   C F El cacao se cultiva por siglos en
   la República Dominicana.

   C F La República Dominicana tiene
   montañas y selvas tropicales.

3. ¿Qué tradición, imagen o
   persona asocias con la República
   Dominicana?

Una playa de La Romana
© 2009 RAUL TOUZON/National
Geographic Image Collection

Top left: Dos bailarinas folklóricas
dominicanas, con un loro
Sakis Papadopoulos/The Image Bank/
Getty Images

Top center: Cosechando los
granos de cacao
© 2011 GREG DALE/National
Geographic Image Collection

Top right: Un campanario de
Santo Domingo
Franck Guiziou/Hemis/Corbis

kkgas/iStockphoto.com

El cacao orgánico se vende a precios muchos más altos.
© National Geographic Digital Motion

Nicholas Monu/iStockphoto.com

Antes de ver

En la República Dominicana, la selva tropical estaba en peligro cuando los precios del cacao empezaron a bajar con frecuencia. Las granjas adyacentes a la selva empezaron a talar árboles para cambiar del cacao a la ganadería, una industria mucho más lucrativa. Entra la familia Moreno y la Fundación Loma Quita Espuela. ¿Cómo solucionaron el problema de los granjeros y también protegieron a la selva tropical? ¡Con el cacao orgánico! La fundación les enseñó los métodos orgánicos a los granjeros. Como el cacao orgánico se paga mejor, los granjeros pudieron sobrevivir y la selva fue rescatada de la deforestación: un resultado beneficioso para todos.

Act. 1 ESTRATEGIA Using questions as an advance organizer

One way to prepare yourself to watch a video segment is to familiarize yourself with the questions you will answer after viewing. Look at the questions in **Act. 4**. Before you watch the video, use these questions to create a short list of the information you need to find.

EJEMPLO: número de acres de la reserva Loma Quita Espuela

1. _____

2. _____

3. _____

4. _____

5. _____

Act. 2 VOCABULARIO NUEVO

Match the English definitions with the Spanish words. Try to do it without using a dictionary. Once you have finished, go to an online Spanish dictionary which pronounces the words in Spanish and listen to each word twice.

1. amenazada	**a.** *poaching*
2. la decaída	**b.** *to plant*
3. proporcionar	**c.** *threatened*
4. el/la guardabosques	**d.** *seed*
5. patrullar	**e.** *ranger*
6. la tala	**f.** *decline*
7. la caza furtiva	**g.** *cutting, felling of trees*
8. la semilla	**h.** *sweet*
9. sembrar	**i.** *to provide*
10. dulce	**j.** *to patrol*

Ver

As you watch the video, circle the answer that best relates to the phrase provided.

1. imágenes típicas del Caribe
   a. las playas soleadas   b. las montañas   c. los insectos

2. la reserva natural fue amenazada
   a. por los reptiles   b. por los turistas   c. por la deforestación

3. una causa de la deforestación
   a. la decaída del mercado del cacao   b. la Fundación Loma Quita Espuela
   c. los arrecifes de coral

4. personas que patrullaban el área
   a. los granjeros   b. los guardabosques y los voluntarios   c. los visitantes

5. la fundación enseña a los granjeros
   a. sobre las técnicas orgánicas   b. sobre la deforestación   c. sobre la caza furtiva

6. una nueva generación de dominicanos
   a. aprende cómo talar   b. aprende cómo proteger la biodiversidad
   c. aprende cómo utilizar fertilizantes químicos

Después de ver

Act. 4 COMPRENSIÓN

After viewing the video as many times as you need to, answer the following questions in Spanish.

1. ¿Cuántos acres tiene la reserva Loma Quita Espuela?
2. ¿Qué hay en la reserva Loma Quita Espuela?
3. ¿Qué se ha cultivado en la República Dominicana por siglos?
4. ¿Dónde están las plantaciones de cacao?
5. ¿Qué causa, en parte, la deforestación de la reserva?
6. ¿Por qué empiezan a talar los árboles los granjeros?
7. ¿Cómo se llama la familia que empieza la Fundación de Loma Quita Espuela?
8. ¿Qué simple acto transforma las plantaciones de cacao en empresas nuevamente lucrativas?
9. ¿Por qué es mejor el cacao orgánico para los granjeros?
10. ¿Qué otro beneficio para la selva tropical ofrecen las granjas orgánicas?

Act. 5 EXPANSIÓN

Paso 1. Pick one of the topics below for further research.

Conexiones (agricultura, ecología):

Do you know what farming organic cocoa involves?

Do some research and report some interesting features of organic farming in the Dominican Republic.

Comparaciones:

Are there any organic farmers in your area?

Visit an organic farm in your area and report your findings to the class.

Paso 2. Conduct a web search for information about your topic. Select two or three relevant sources.

Paso 3. Using the information you've researched, write a short **resumen** of 3–5 sentences, in Spanish, that answers the questions and reports your findings. Be prepared to present your conclusions to the class.

© National Geographic Maps

uruguay

© National Geographic Maps

INFORMACIÓN GENERAL

Nombre oficial: **República Oriental del Uruguay**

Nacionalidad: **uruguayo(a)**

Área: **176 215 km²** (casi igual al tamaño del estado de Washington)

Población: **3 316 328** (2011)

Capital: **Montevideo** (f. 1726) (1 633 000 hab.)

Otras ciudades importantes: **Salto** (100 000 hab.), **Paysandú** (77 000 hab.)

Moneda: **peso** (uruguayo)

Idiomas: **español** (oficial), **portuñol** (una mezcla de portugués y español en la frontera con Brasil)

DEMOGRAFÍA

Alfabetismo: 98%

Religiones: **católica** (48%), **protestante** (11%), **otras** (18%), **sin afiliación** (23%)

URUGUAYOS CÉLEBRES

Julio Sosa
cantor de tango (1926–1964)

Diego Forlán
futbolista (1979–   )

Alfredo Zitarrosa
compositor, cantante (1936–1989)

EN RESUMEN

1. La capital de Uruguay es _____.

☐ Asunción
☐ Montevideo

2. ¿Cierto o falso?

C F La ganadería no es importante en la economía de Uruguay.

C F Uruguay comparte con Argentina la tradición del gaucho y del tango.

3. ¿Qué tradición, imagen o persona asocias con Uruguay?

Colonia del Sacramento
Marius Grose/iStockphoto.com

Top left: Plaza Independencia,
Montevideo
Spectral-Design/Shutterstock.com

Top center: Una batería de
candombe, un estilo de música
uruguayo con orígenes en la
población africana
Kobby Dagan/Shutterstock.com

Top right: Gaucho uruguayo
cogiendo el ganado con el lazo
© 1996 O. LOUIS MAZZATENTA/
National Geographic Image Collection

kkgas/iStockphoto.com

Nicholas Monu/iStockphoto.com

Uruguay es un país de bellos paisajes urbanos, rurales y costeños.
© Cengage Learning, 2014

Antes de ver

Uruguay tiene mucho que ofrecer: la democracia, un sistema educativo gratuito, altos índices de seguridad y la preservación del medio ambiente. Los uruguayos disfrutan de un clima templado y una vida agradable en los campos y en la gran vibrante ciudad de Montevideo. La ganadería es la principal actividad económica del país. El gaucho y el tango son tradiciones que Uruguay comparte con Argentina, y que siguen vivas en el país. Hay mucho que ver y hacer en este país sudamericano.

Act. 1 ESTRATEGIA Listening for details

Knowing in advance what to listen for will help you find key information in a video's narration. Look at the comprehension questions in **Act. 4**, and write five key things that you will want to look for while you watch the video.

1. _____
2. _____
3. _____
4. _____
5. _____

Act. 2 VOCABULARIO NUEVO

Match the English definitions with the Spanish words. Try to do it without using a dictionary. Once you have finished, go to an online Spanish dictionary which pronounces the words in Spanish and listen to each word twice.

1. costeño(a)	**a.** *safety index*
2. la ubicación	**b.** *free*
3. en menor medida	**c.** *couple*
4. gratuito(a)	**d.** *location*
5. índice de seguridad	**e.** *environment*
6. el medio ambiente	**f.** *quality*
7. la ganadería	**g.** *coastal*
8. la calidad	**h.** *cattle farming*
9. pacer	**i.** *to graze*
10. la pareja	**j.** *to a lesser degree*

Ver

As you watch the video, circle the word or phrase that describes the cue.

1. Uruguay
   a. en la costa pacífica   b. en la costa atlántica

2. clima templado
   a. solo en verano   b. durante todo el año

3. Montevideo
   a. Río de la Plata   b. la costa pacífica

4. principal actividad económica de Uruguay
   a. la ganadería   b. el petróleo

5. gran símbolo cultural
   a. el caballo   b. el gaucho

Después de ver

Act. 4 COMPRENSIÓN

After viewing the video as many times as you need to, answer the following questions in Spanish.

1. ¿Entre qué países está situado Uruguay?
2. ¿Por qué tiene un clima templado durante todo el año Uruguay?
3. ¿De qué origen son la mayoría de los uruguayos?
4. ¿Qué es gratuito para todos los uruguayos a todos los niveles?
5. ¿Qué porcentaje de la población uruguaya vive en Montevideo?
6. ¿A las orillas de qué río está situada Montevideo?
7. ¿Cuál es la principal actividad económica de Uruguay?
8. ¿Cuál es la exportación de Uruguay que se conoce especialmente por su alta calidad?
9. ¿Cuál es el gran símbolo cultural que nació en los campos de Uruguay?
10. ¿Qué baile sensacional comparte Uruguay con Argentina?

Act. 5 EXPANSIÓN

Paso 1. Pick one of the topics below for further research.

Conexiones (economics):
Do you know of another Latin American country whose principal economic resource is cattle farming?
Why is it such an important economic resource?
Do you think that will change as many people switch to vegetarianism and veganism?

Comparaciones:
El tango is a dance that has become very popular throughout the world in recent years.
Do you know of an American dance that had this much international impact?
What was it?
Would you consider it a great American cultural symbol?

Paso 2. Conduct a web search for information about your topic. Select two or three relevant sources.

Paso 3. Using the information you've researched, write a short **resumen** of 3–5 sentences, in Spanish, that answers the questions and reports your findings. Be prepared to present your conclusions to the class.

venezuela

INFORMACIÓN GENERAL

Nombre oficial: **República Bolivariana de Venezuela**

Nacionalidad: **venezolano(a)**

Área: **912 050 km²** (2800 km de costas) (aproximadamente 2 veces el tamaño de California)

Población: **28 047 938** (2011)

Capital: **Caracas** (f. 1567) (3 051 000 hab.)

Otras ciudades importantes: **Maracaibo** (2 153 000 hab.), **Valencia** (1 738 000 hab.), **Maracay** (1 040 000 hab.)

Moneda: **bolívar**

Idiomas: **español** (oficial), **lenguas indígenas** (araucano, caribe, guajiro)

DEMOGRAFÍA

Alfabetismo: 93%

Religiones: **católica** (96%), **protestante** (2%), **otras** (2%)

VENEZOLANOS CÉLEBRES

Simón Bolívar libertador (1783–1830)

Rómulo Gallegos escritor (1884–1969)

Andrés Eloy Blanco escritor (1897–1955)

EN RESUMEN

1. La capital de Venezuela es _____.

☐ Caracas
☐ Maracaibo

2. ¿Cierto o falso?

C F El río Orinoco de Venezuela es uno de los ríos más largos del mundo.

C F Los yanomami son un pueblo indígena que solo recientemente vive junto al río Orinoco.

3. ¿Qué tradición, imagen o persona asocias con Venezuela?

La ciudad de Mérida de noche
© 2008 DAVID EVANS/National
Geographic Image Collection

Top left: Simón Bolívar, El
Libertador

Lebedev Alexey/Shutterstock.com

Top center: Una joven yanomami
© 2005 MICHAEL NICHOLS/National
Geographic Image Collection

Top right: El Salto Ángel: la
catarata más alta del mundo
© 2005 MICHAEL NICHOLS/National
Geographic Image Collection

kkgas/iStockphoto.com

Nicholas Monu/iStockphoto.com

El Orinoco empieza en las montañas de Venezuela y
Brasil. Recorre casi 2150 kilómetros hasta que llega a
su delta en el Océano Atlántico.
© National Geographic Digital Motion

Antes de ver

El río Orinoco, uno de los ríos más largos del mundo, es un recurso natural esencial de
Venezuela. Un viaje por el Orinoco incluye una variedad de paisajes: formaciones de
rocas, cascadas, selvas tropicales, grandes llanos y la catarata más alta del mundo, Salto
Ángel. En los alrededores del río, hay cocodrilos, anacondas, jaguares y capibaras. Los
yanomami, y otras varias culturas indígenas, han vivido junto al río por miles de años.
¿Qué le está pasando a este gran río de Venezuela?

Act. 1 ESTRATEGIA Using visuals to aid comprehension

You can learn a lot from just looking at the visuals when you watch video. The scenes and
images you see help you understand the language that you hear. Be sure to pay attention to
the visuals as well as to the narration. Which of the following words do you think will have
visuals in the video that will aid your comprehension? Write **sí** or **no** next to the word.

1. el jaguar _____

2. significa _____

3. la anaconda _____

4. la piraña _____

5. proviene _____

6. miles de años _____

7. el cocodrilo _____

8. la presa _____

Act. 2 VOCABULARIO NUEVO

Match the English definitions with the Spanish words. Try to do it without using
a dictionary. Once you have finished, go to an online Spanish dictionary which
pronounces the words in Spanish and listen to each word twice.

1. recorrer   **a.** *dam*

2. la catarata   **b.** *length*

3. provenir   **c.** *to cover, travel*

4. remar   **d.** *to row; to paddle*

5. la longitud   **e.** *river bank*

6. espantoso(a)   **f.** *waterfall*

7. el/la roedor(a)   **g.** *tributary*

8. la presa   **h.** *to come from*

9. el afluente   **i.** *terrifying, scary*

10. la ribera   **j.** *rodent*

Ver

As you watch the video, circle the answer that does NOT relate to the phrase provided.

1. el río Orinoco
   a. Brasil   b. Venezuela   c. Colombia

2. los paisajes en el Orinoco
   a. selvas tropicales   b. playas   c. grandes llanos

3. Salto del Ángel
   a. el glaciar   b. la catarata   c. el afluente

4. los yanomami
   a. una cultura indígena   b. viven junto al río   c. buscan petróleo

5. animales del Orinoco
   a. el león   b. la anaconda   c. el capibara

6. productos valiosos del Orinoco
   a. oro   b. diamantes   c. plata

Después de ver

Act. 4 COMPRENSIÓN

After viewing the video as many times as you need to, answer the following questions in Spanish.

1. ¿Cuánto mide el río Orinoco?
2. ¿Donde empieza el Orinoco?
3. ¿Cómo se llama el lugar donde el río llega al mar?
4. ¿Cómo se llama la catarata más alta del mundo?
5. ¿Qué significa el nombre 'Orinoco'?
6. ¿Cómo se llama una de las culturas indígenas del Orinoco?
7. Además de ser un medio de transporte, ¿qué les ofrece el Orinoco a las culturas indígenas?
8. ¿Qué animal es el roedor más grande del mundo?
9. ¿Qué producen las presas que controlan el agua?
10. ¿Qué productos valiosos han encontrado las empresas en el Orinoco?

Act. 5 EXPANSIÓN

Paso 1. Pick one of the topics below for further research.

Conexiones (geografía, ecología, zoología):
What do you know about the animals of the Orinoco?
Pick one of your favorties (**piraña, jaguar, anaconda, capibara, cocodrilo**) and find out some interesting facts about that animal that you did not know before.

Comparaciones:
Do you know of a river in the United States that is as powerful and majestic as the Orinoco? Find one and compare its size, its landscapes, and its animals to what you learned about the Orinoco.

Paso 2. Conduct a web search for information about your topic. Select two or three relevant sources.

Paso 3. Using the information you've researched, write a short **resumen** of 3–5 sentences, in Spanish, that answers the questions and reports your findings. Be prepared to present your conclusions to the class.

latinos en EE.UU.

© National Geographic Maps

© National Geographic Maps

INFORMACIÓN GENERAL

Nombre oficial: **Estados Unidos de América**

Nacionalidad: **estadounidense**

Área: **9 826 675 km²**
(aproximadamente el tamaño de China o 3½ veces el de Argentina)

Población: **313 847 465** (2011)
(aproximadamente el 16% son latinos)

Capital: **Washington, D.C.** (f. 1791)
(4 421 000 hab.)

Otras ciudades importantes: **Nueva York** (19 300 000 hab.), **Los Ángeles** (12 675 000 hab.), **Chicago** (9 134 000 hab.), **Miami** (5 699 000 hab.)

Moneda: **dólar** (estadounidense)

Idiomas: **inglés, español y otros**

DEMOGRAFÍA

Alfabetismo: 99%

Religiones: **protestante** (51,3%), **católica** (23,9%), **mormona** (1,7%), **judía** (1,7%), **budista** (0,7%), **musulmana** (0,6%), **otras** (14%), **sin afiliación** (4%)

LATINOS CÉLEBRES DE LOS ESTADOS UNIDOS

Sandra Cisneros
escritora (1954–)

Christina Aguilera
cantante (1980–)

Marc Anthony
cantante (1968–)

César Chávez
activista a favor de los derechos de los trabajadores (1927–1993)

EN RESUMEN

1. Tres grupos hispanohablantes que tienen una larga historia con los Estados Unidos son _____.

☐ los puertorriqueños
☐ los uruguayos   ☐ los cubanos
☐ los mexicanos   ☐ los peruanos

2. ¿Cierto o falso?

C F Es posible que los antepasados de una mexicana cruzaron el Estrecho de Bering durante la última Edad de Hielo.

C F Es posible que los antepasados de un cubanoamericano sean nórdicos.

3. ¿Qué tradición, imagen o persona asocias con los latinos de EE.UU.?

Dos muchachos latinos en Times Square, Nueva York
© 2010 RAUL TOUZON/National Geographic Image Collection

Top left: Una participante en el proyecto del genoma humano
© 2009 STEVE WINTER/National Geographic Image Collection

Top center: Starlin Castro, de los Chicago Cubs, nació en Monte Cristi, República Dominicana.
AP Photo/Paul Beaty

Top right: Una familia celebra la quinceañera de su hija, Nueva Jersey
Erin Patrice O'Brien/Taxi/ Getty Images

kkgas/iStockphoto.com

Nicholas Monu/iStockphoto.com

"Quería saber de dónde era mi familia originalmente. Sí sé que mis abuelos se fueron del Japón a Perú, pero no sé mucho más que eso de la historia de mi familia."
© National Geographic Digital Motion

Antes de ver

¿Sabes de dónde son tus antepasados antiguos? El proyecto genográfico de National Geographic e IBM examina el ADN de personas de todo el mundo para trazar sus linajes genéticos. Un grupo de latinoamericanos en Miami decide participar en el proyecto para averiguar de dónde vinieron sus antepasados. Los resultados los sorprenden mucho y uno de ellos, el artista Xavier Cortada, monta una instalación artística que muestra los resultados en una forma original. ¿No te gustaría saber de dónde migraron tus antepasados para llegar a donde vives tú?

Act. 1 ESTRATEGIA Using background knowledge to anticipate content
If you have a rough idea of a video segment's content, you can predict what other information it may contain. Think about the topic and ask yourself what vocabulary you associate with it. By organizing your thoughts in advance, you prepare yourself to understand the content more easily. To prepare yourself for this segment, find the Spanish equivalents for the following words and phrases.

1. DNA sample _____

2. ancestors _____

3. lineage _____

4. family tree _____

5. cultural legacy _____

Act. 2 VOCABULARIO NUEVO

Match the English definitions with the Spanish words. Try to do it without using a dictionary. Once you have finished, go to an online Spanish dictionary which pronounces the words in Spanish and listen to each word twice.

1. numeroso(a)	**a.** *Bering Strait*
2. los granos de arena	**b.** *results*
3. lanzar	**c.** *grains of sand*
4. echar un vistazo	**d.** *dizzying*
5. los resultados	**e.** *to have a quick look*
6. los marcadores genéticos	**f.** *similarity*
7. el Estrecho de Bering	**g.** *genetic markers*
8. la Edad de Hielo	**h.** *Ice Age*
9. la semejanza	**i.** *numerous, many*
10. vertiginosa(a)	**j.** *to launch*

Ver

Act. 3 LAS FRASES

As you watch the video, circle the answer that best relates to the phrase provided.

1. el proyecto genográfico de hispanohablantes
   a. Miami   b. San Antonio   c. Los Ángeles

2. Xavier
   a. profesor   b. artista   c. científico

3. Xavier
   a. mexicanoamericano   b. puertorriqueño   c. cubanoamericano

4. Patrick
   a. México, D.F.   b. La Paz, Bolivia   c. Lima, Perú

5. Juanita
   a. abogada   b. artista   c. administradora

6. Juanita
   a. peruana   b. cubanoamericana   c. mexicana

Después de ver

Act. 4 COMPRENSIÓN

After viewing the video as many times as you need to, answer the following questions in Spanish.

1. ¿Qué quiere establecer el proyecto genográfico?
2. Al trazar los linajes genéticos hacia el pasado, ¿qué le da el proyecto a cada persona viva hoy día?
3. ¿Cuál es el grupo que Spencer Wells cree que va a recibir más información sobre sus linajes cuando se examinen las muestras de ADN de latinoamericanos?
4. ¿Qué ciudad es ideal para lanzar el kit genográfico de hispanohablantes y por qué?
5. ¿Por qué es conocido Xavier Cortada?
6. ¿Por qué quiere participar Xavier en el proyecto genográfico?
7. ¿Por qué quiere participar Patrick?
8. ¿Por qué quiere participar Juanita?
9. ¿Qué le sorprende a Xavier de sus resultados?
10. ¿Qué descubre Juanita de sus parientes antiguos?
11. ¿De dónde migraron los antepasados paternos de Patrick?

Act. 5 EXPANSIÓN

Paso 1. Pick one of the topics below for further research.

Conexiones (ciencias, biología):

Do you know where your ancestors are originally from? Do you have a family tree? How would you go about finding out where your ancestors were from?

Comparaciones:

What animal would best represent your forebears if you were doing an artistic rendering of your family's DNA? Xavier used plates to represent the symbolic breaking of bread between all cultures. What object would you use?

Paso 2. Conduct a web search for information about your topic. Select two or three relevant sources.

Paso 3. Using the information you've researched, write a short **resumen** of 3–5 sentences, in Spanish, that answers the questions and reports your findings. Be prepared to present your conclusions to the class.